童貞を殺す異世界
A different world that kills virginity
Shotaro Suzaki
須崎正太郎
ill. さくらねこ
JN178842
童貞を殺す服とはまさにこのこと！
どうしたの、マサキ。ぼーっとして
「リノ・オルスベール」
姫でありながら、王国で一番の剣の使い手。ミノタウロスと戦っている際に、マサキに救われる。

なぜリノ様に近づいた。
……排除する。
「サキカ」
オルスベール王宮付きの魔法使いにしてリノの従者。ことあるごとにどこからともなくロープを取り出して、死んで詫びようとしてしまう。

交尾。
ここでするの！
エルクデア
ハーフエルフ。人間の男である
マサキを暗殺しようとするが、あっ
さりと倒されて仲間に。
二つ名は「眠りのエルクデア」

童貞を殺す異世界

A different world that kills virginity

Contents

ダッシュエックス文庫

童貞を殺す異世界

須崎正太郎

【プロローグ】

テロリストになって、教室を襲撃《しゅうげき》することにした。

正体を隠すためのガスマスクをかぶり、マシンガンをたずさえて、学校の教室にどーんと殴り込むのである。

校門を突破し、グラウンドを駆け抜け、校舎に入って階段を上り、目についた教室の引き戸をつかむ。そしてガラリと扉を開けて、室内に飛び込んだのだった。

悲鳴があがる。ざわつく教室。

マスクの下で、僕はニヤリとほくそ笑み、

「静かにしろ。命が惜《お》しければな」

……決まった。

我ながら邪悪極《きわ》まるベストスマイルだぜ。

マスクをしてるから、外からはわからないけどね！

教室の中には、さわやかな顔をしたイケメンや、見るからに生意気そうな顔をしたＤＱＮ《ドキュン》がいる。そうかと思えばめちゃくちゃ可愛《かわい》い女子高生も──「なんだこいつ⁉」「つ、通報よ！　警察を呼ぶのよ！」「だれか先生の代わりに戦いなさい！　内申書を良くしてあげるから！」クズ教師がいた。こいつは真っ先に殺そう。

ともあれ、すべては僕の思うがままだ。リア充どもをいたぶり殺し、力ずくで女の子たちを『らめえええええええ』な状態にすることもできる。最高の気分だ。

これは復讐《ふくしゅう》だ。

世界に対する復讐なのだ。

僕という人間をまったく大切にしなかった、現実《リアル》という名の世界への復讐……！

「フヒヒッ、ヒヒヒッ！　リア充どもめ、裁きを受けろ。みんな死んでしまえ……幸せなのは僕だけでいい……ヒヒヒ……フヒヒヒヒヒ……フォカヌポウ……！」

と、そのときである。

室内なのに、やたらと冷たい風が吹き──

僕は現実に舞い戻った。

「はっ！」

気がつくと、僕──一条正樹《いちじょうまさき》は、繁華街《はんかがい》の片隅《かたすみ》にあるベンチにひとりで座っていた。

ヤバい。辛《つら》すぎる現実に精神が参ってしまい、夢を見ていたらしい。

「教室を襲《おそ》うテロリストか……」

あんな夢を見てしまった理由は、たぶんいろいろある。

まず、僕の職業は運送業のアルバイトだ。テロリストではない。

ただ、今日。……ある高校に荷物を届けに行ったときのことだ。

僕は、やたらと高校生のカップルを見かけてしまった。

校内だというのに、人目《めば》もはばからず。いちゃいちゃ、いちゃいちゃ——

殺意が、すくすくと芽生えた。

制服姿の彼女とかふざけんなよ。ノーJK・ノーライフの青春ってか。こっちは高校を出てすでに三年。なのに彼女がいたことなど一度もない。彼女イナイ歴二十一年だぞ。悲しい。

しかも事務所に戻った瞬間、僕は解雇《かいこ》されてしまった。本部が人件費を削減するために、バイトの数を減らすことにしたそうで。だから正確に言えば、僕の職業は元アルバイトである。

すなわち無職。

僕のメンタルはボロボロ。

金なし、職なし、彼女なしの三重苦。

こうして僕は事務所を出て、街中をふらついた上にベンチに座り込み——

先ほどの夢を見てしまった、というわけだ。

顔を上げると、たくさんのカップルたちが目についた。

なんであんなに、異性とうまく付き合えるんだよ。同じ人類とは思えないよ。

そうだよ、あいつら人間じゃねえよ！

「人間じゃないなら、殺してもいいよね。……フヒ、フヒヒッ……！」

人はこうして闇堕《やみお》ちするのかもしれない。

本当にどこかの教室を襲ってやろうか。

リア充とかＤＱＮを殺しまくって、可愛い女の子にゲスいことをしてやろうか！

ぐへへ、ぐへへへ、ぐへへへへへ！

……冗談だよ。

「はあ……」

思わず、ため息が出る。

だけどあれだな。僕は、実際に学校へ殴り込んでも、教室の中にいる覚醒《かくせい》した超能力者あたりにやられる役なんだろうな。

そのへんが僕の分際《ぶんざい》な気がする。悲しい。

高校生カップルたちは、もし相方《あいかた》が死んだりしたら、泣いて悲しみの声をあげるんだろう。

だけど僕には、そんな相手もいないわけで。

「世界って……どうして、こんなに居心地《いごこち》が悪いんだろうな……」

街中で、どんよりとした空を見上げながらつぶやく。悲しい。
ああ、どこか違う世界に行きたい。
自分が必要とされて、あれこれと活躍できて。
そして、心から僕を愛してくれて、僕も好きになれるような。
そんな女の子と巡《めぐ》り逢《あ》いたい。
「……そんなこと、できるはずないよな」
ため息が出た。悲しい。
やがて、僕はゆっくりと立ち上がった。
家に帰ろう。だれも帰りを待っていないボロアパートへ。
街中《まちなか》から離れ、住宅街へと入っていく。
そのときだ。
視界が突如《とつじょ》、暗転した。

「第一話」……………そこは男が滅んだ異世界

A different world that kills virginity

「……は？」

気がついたら、違う世界にいた。

草原のど真ん中である。

はるか彼方《かなた》には、連なった山々と立ち並んだ木々。

見たこともない光景だった。どこなんだ、ここは。

もしかしてまた、夢を見ているんだろうか。

そう思ったとき、僕の目の前に、

「グギャアアアアアアアアアアッ‼」

「ウホッ⁉」

びっくりして、変な声が出てしまった。……喜んだみたいな反応だけど、違うからね⁉

僕の前にいたのは、身長二メートルはあろうかという褐色肌《かっしょくはだ》のマッチョ男だった。

しかも、ただの男じゃない。

顔が、牛だった。

牛男であった。

「なんダ、キサマハ！　どこから現れタ！」

「ど、どこからと言われても……」

なぜか日本語を話す牛男を前にして、すくみあがる僕。

「ええイ、邪魔ダ！　死ねイ！」

牛男は、拳《こぶし》を握って僕のほうに突き出してくる。

え、ちょっと待って、なにこの展開。

ここは地獄か⁉　テロリストになりたいなんて思ったから、バチが当たったのか⁉

「ごめんなさいマジすみませんだれか助けてえええええ！」

なんて、情けない悲鳴をあげたそのときであった。

「下がっていなさい！」

僕と牛男の間に、金髪の少女が割って入ってきたのだ。

鎧《よろい》姿の少女であった。

女騎士。

そう表現するのがもっとも正しい。

流れるような長めの金髪を、サイドテールに結《ゆ》っている。どこかまだ童臭《どうしゅう》を残しているが、

しかし顔立ちの整った美少女であるのは間違いない。眉宇《びう》をひそめ、碧眼《へきがん》を険しくさせて口元を結び、銀色の剣を構えているその姿は、端的《たんてき》に言って——

美しい。

心から、僕はそう思った。

思わず、少女に見惚《みと》れてしまったほどだ。

彼女は、振り返りもせず、一直線に牛男のほうを見据《みす》えながら、

「こいつはミノタウロスよ。とんでもない強さのモンスターなんだから！　どこから来たか知らないけど、命が惜《お》しかったら早く逃げて！」

背中で叫ぶ。

この子、僕を助けてくれるのか⁉

「ミノタウロス。戦いの相手はわたしよ。さあ、続きをやりましょう！」

「グギャアアア！　懲《こ》りないやつメ！　ワシに敵《かな》うと思っているのカッ！」

少女騎士とミノタウロスは、叫び合ってバトルを開始する。

僕が登場するまで、このふたりはずっと戦っていたらしい。そのバトルが再開するようだ。

ガキン、ガキィン——騎士の剣とミノタウロスの拳がぶつかり合う。

激しく繰り返される応酬《おうしゅう》。ハイレベルな戦いだった。

「絶対に、人間を傷つけさせたりしない！」

「しぶとい女メ！」

少女は剣を振るい、ミノタウロスは拳を繰り出す。

だが戦いは、明らかに女の子のほうが不利だった。

そりゃそうだ。体格が違いすぎる。パワーも少女のほうが下だろう。

「グギャハハハ、死ねィ！」

ミノタウロスの鉄拳《てっけん》が、少女騎士の顔をかすめる。……あっぶね！

女の子がとっさにかわしたからいいけど、いまのが直撃していたら、彼女は間違いなく死んでいただろう。

「……くそっ！」

僕の中に、正体不明の感情が湧《わ》きだしてきた。

事情はさっぱりつかめない。しかし、目の前で女の子がピンチなのだ。

いきなり僕を殺そうとしたミノタウロスと、僕を守ろうとしている美少女騎士。

正義は当然、美少女にある！

いや、可愛《かわい》いは正義とかそういう話じゃなくて。真面目《まじめ》な話ね？

とにかく、これは助けなきゃ嘘《うそ》だ！

「うおおおおおおおおおおーっ！」

次の瞬間、僕はミノタウロスに向かって、全力で突進していた。

「なんダ、キサマ……？」

ミノタウロスは、そんな僕を見てへらっと笑った。

「オマエごときガ、ワシに勝つつもりか？　ヒョロヒョロ人間が！」

「うるさい！　やってみなきゃわからないだろっ！」

「愚《おろ》かな人間メ！」

ミノタウロスはげらげら笑う。少女騎士は「なにやってるの、早く逃げて！」と大声で叫ぶ。

それでも僕は止まらない。止まってたまるか。

体重を乗せた体当たりを、どかんと一発、ミノタウロスにぶつけてやる！

そうすればやつだって、一瞬くらいは動きが止まるに違いな――

ドッカァァ――――――――――――――ン!!

「……は？」

思わず声を出してしまった。

どかん、どころじゃなかった。

ミノタウロスは、断末魔《だんまつま》の叫びをあげるヒマもなく、数百――

いや数千メートル？　くらい吹っ飛んだ。

はるか遠くに見えているハゲ山。

その中腹に、五体を思い切り打ちつけた。らしい。

らしいっていうのは、あまりに遠くまで敵が吹っ飛んでしまったので、もはや推測《すいそく》するしかないからなのだが。……なんだこれは？

僕がやった、んだよな？

「いまの、あなたがやったの？」

少女騎士も、ぽかんとしている。そりゃそうだ。

「……よくわからないけど、倒したみたいだ」

「そ、そうみたいね。でも、信じられない。モンスターのミノタウロスを、体当たり一発で……しかもあんな遠くにまで吹っ飛ばすなんて。この世に生まれて十七年、あんな光景を見るのは初めてよ……」

少女騎士は、目の前の現実が信じられないといったふうに、何度かかぶりを振った。

と同時に、きれいな金髪がサラサラと揺れて、大きなおっぱいがぶるんぶるんと――

おい、どこ見てんだ僕。とセルフツッコミ。

いやだって、鎧越しでもわかるほど、この子、胸が大きいんだもん……。

そんな僕の、よこしまな心は知る由《よし》もなく。

「あべこべね。助けるつもりが、助けられちゃった」

少女は薄い笑みを浮かべた。

「とりあえず、助けてもらったお礼を言うわね。ありがとう」

「いや、こっちこそ。助けようとしてくれて嬉《うれ》しかったよ」

それは本心だった。

「わたしはリノ。あなたは？」

「僕は、正樹《まさき》っていうんだ。姓は一条《いちじょう》、名前は正樹」

「マサキ？　マサキ、イチジョウ。……変わった名前ね」

「そうかな」

こっちからすると、君のほうがそうとう変わっているんだけど。

だがここまでくると、僕も事情を察し始めていた。この世界は地獄なんかじゃない。

少女――リノのかっこうや、ミノタウロスの存在を考えれば、答えはただひとつ。

僕はどうやら、異世界に来てしまったようだ。

それもお約束のような場所。剣やモンスターの出てくる、ファンタジックな異世界に。

うーん、マンガとかで何度も見た展開だけど、実際に自分の身に異世界転移が起こってしまうと、けっこう驚きだな……。

「マサキ、やるわね。ミノタウロスを一発で倒すなんて」

「僕も驚いているよ。自分にこんな力があったなんて」

「謙遜《けんそん》しちゃって」

「ほんとだよ。僕は別に強くなんかないし。ケンカだって子供のとき以来していない」

運送のバイトをしていたから、人並みの体力はあると思う。

だけど、モンスターをぶっとばすような実力はなかった。絶対に。

ま、とにかく。どうして僕に、あんな力があったのかわからないけど、

「でも、悪い気分じゃないな。やっぱり僕も男だし、弱いよりは強いほうがいい——」

と、そう言った瞬間だった。

「男……⁉」

リノは目を見開き、ワナワナと身を震わせはじめた。

え、僕、そんな反応されるようなこと言った？

「り、リノ？」

僕は思わず、彼女の名を呼んだ。呼んでから、初対面で呼び捨てはちょっとマズかったかな、
と内心思ったが、しかしリノは、別に気にしたふうでもなく、

「ま、マサキ……」

と、彼女のほうも僕の名前を呼び捨てで呼んだ。

女の子に呼び捨てで呼ばれるなんて、家族以外では初めてだ。

おお、自分の名前が女性の唇《くちびる》から紡《つむ》ぎ出されるだけで、こんなに感動するなんて……！

「ねえ、マサキ。あなた、男って……本当なの？」

リノは、名前の件などどうでもいいらしい。男という点に食いついてくる。

「あなたはもしかして……伝説の――『男』なの？」

伝説？　なんだそりゃ。

「伝説のことはよくわからないけど、僕は男だよ」

「!!」

リノはいよいよ眼《め》を見開き、その大きな双眸《そうぼう》を輝かせる。

「信じられない。いえ、でも、さっきの強さ。……間違いないわ」

ぶつぶつと独《ひと》り言を続ける。本当になんなんだろう。

「ねえ、リノ――」

「マサキ！」

「は、はい」

「あなたが本物の男なら、わたしの――」

「わたしの？」

「おっぱいを揉《も》んで!!」

…………………………はい!?

え、いきなりなに言ってんのこの子!?

「あ、そ、そっか。このままじゃ揉めないわね。ちょっと待ってね。いま、鎧を脱ぐから」

「い、いや。……いやいやいやいやいや！」

僕は慌《あわ》てて、鎧を脱ごうとするリノの手をつかむ。

「つっ！」

「あ、ご、ごめん」

強く握りすぎたらしい。リノが痛がったので、僕は手を放す。

その上で、深呼吸をする。

す――――。は――――。

よし、落ち着いた。

「リノ、あのさ。……なんで、おっ――胸を揉んでとか言ったの？」

おっぱい、とかもろに言えなくて、胸、と言う。童貞《どうてい》は恥《は》ずかしがり屋なのだ。

「え、だって、伝説にあるもの。男におっぱいを触ってもらった女は、強くなるって」

「は？　なにその伝説」

揉んだらデカくなる、とかいう話は聞いたことがあるけれど。

よく知らんけど、あれは俗説《ぞくせつ》だろうな。ま、リノはこれ以上大きくならなくていいけどね。こう、程良い感じにデカいし。おわかりだろうか。デカけりゃいいってもんじゃない。あんばいのいい大きさってものがあるんだよ。あと形とか色とか。

……話がそれた。

とにかく、リノの話はさっきから謎だらけだ。伝説がどうとか。

「……よし」

僕は思い切って、リノに打ち明けることにした。

自分は、この世界の人間ではないこと。

気がついたら、この草原にいたことを。

…………………………で、数分後。

僕の話を聞いたリノは、さすがに驚き、首を振った。

「にわかには信じられないわ」

「僕もそう思う。だけど信じてもらうしかない」

「……そう、そうね。あなた、いきなりわたしとミノタウロスの間に登場したものね。それになによりも、あなたの存在自体が証拠だわ」

「どういうこと？」

「『男』であるマサキがここにいる。その事実こそ、あなたが違う世界から来たという一番の証拠だってこと」

「そこがわからないんだ。男だから、どうだっていうのさ」

「最初から説明するわね」

リノは、白い人差し指を立てて言った。

「まずこの世界において男は、伝説の存在になっているの。——いまから数百年前のこと。世界は何億匹ものモンスターに支配され、人類は絶滅の危機にあったわ。残された人間の数は、男女合わせてわずか千人余り。……そこで当時の男たちは神に祈りを捧《ささ》げた。『どうか、我々に力をお与えください。妻や子供を守る力を。大切なひとを守るだけの力を！』──すると」

「すると？」

「奇跡が起きた。この世界の男たちはみんな圧倒的な力を手に入れ、最強の存在になったのよ！　男たちはモンスターを次々と倒していった。億を超える数の敵を、数百人でなぎ倒していったらしいから、まさに無双《むそう》よね。……だけどモンスターたちのボスはさすがに手強《てごわ》く、男たちも次々と倒されていき──それでも最後は、なんとかそのボスを封印《ふういん》したらしいわ。自分たちの命と引き換えにね」

「命と引き換え。じゃあ、当時の男たちは……」

「そう、みんな死んでしまった」

「…………」

「こうして男は伝説の存在、最強の生き物として語り継がれることになったの。この世から絶滅するという代償《だいしょう》を払ってね」

「最強の生き物となって、絶滅……」

すさまじい話だ。モンスターたちを倒したのはすごいし、偉《えら》いと思うけど。

だけど男が滅んだら、結局、人類は滅亡じゃね？　子孫が作れないじゃん。

そんな僕の疑問を見抜いたように、リノは説明を続ける。

「女だけになった人類は、その後、魔法の力で繁殖《はんしょく》を繰り返してきたの。男性がいなくても、自力で妊娠できる魔法を開発したのよ。もっとも、魔法で生まれる子供はみんな女の子だから、根本的な解決にはならなかったけど」

「そんな魔法が……。でもとりあえず、人類は生き残ったんだな。めでたしってわけか」

「ところが、そういうわけにもいかなかったのよ。なぜならこの世界のモンスターは、まだ生き残っていたから。ボスは封印されたけど、ザコはわずかながら生きていたの」

「そ、そうか。そういえば、さっきのミノタウロス。あれもモンスターだもんな」

「そういうこと。男が絶滅したあと、女たちは自力でモンスターと戦わなければならなくなった。町や村は堀《ほり》を掘ったり壁を作ったり、また個々にも剣や弓、魔法を使って自分たちの身を守ってきたわ。でも、やっぱりモンスターは手強くて……。せめてひとりでもいいから、男が生き残ってさえいればって、だれもが思いつつ——数百年が経《た》ち、いまに至《いた》るわけよ」

「なるほど。そういうことだったのか」

タネがわかれば、さっきの僕の戦闘力にも説明がつく。

それは、この世界の男がみんな、神の奇跡をその身に受けているからなんだ。

「そういえば、僕はこの世界の言葉なんてまるで知らないんだけど、どうして君やミノタウロスと普通に話せるのかって疑問に思っていたんだ。それも、もしかして」

「きっと男だからよ」

野郎パワーすげえな！

「とにかく、来てしまったものは仕方がないわよ。こうやって知り合ったのもなにかの縁《えん》。仲良くやりましょう」

そう言いながら、リノは右手を差し出してきた。握手をするつもりらしい。

この世界でも、握手はあいさつとして通用するんだな。

「そ、そうだね。とにかく、よろしく」

僕はそう言いながら、リノの手をそっと握った。

うわ、小さい。剣を使っているわりには、びっくりするほど細くて小さい手のひらが――

「太い！」

「え？」

「な、なんて太い指なの！」

瞳《ひとみ》を大きく開いて、わなわなと震える。

かと思うと、眼をきらりと光らせて、両頬《ほお》を紅潮《こうちょう》させる。興奮《こうふん》しているらしい。

「この指で、おっぱいを揉んでもらったら……わたし、強くなれるのね⁉　あ、なんかすごくドキドキする……。よくわからないけど、いけないことをしているような……！」

「ちょっと待って！　ちょっと待って！」

そうか、さっきのおっぱいの話、まだ誤解がとけてなかったんだ！

「あのね、胸を揉まれたからって強くなることは、ないと思うよ」

「え、そうなの？」

「そりゃそうだよ」

「そ、そんな……」

リノは愕然《がくぜん》とした顔で、

「わたしはオルスベール王国の騎士。国を守るために、強くなりたいって……」

その心がけは立派《りっぱ》だ。

「そのために、男の人におっぱいを触ってもらわなきゃって……」

その心がけはアホだ。

……いや、アホは言い過ぎだな。そういう伝説があるのは事実なんだろうから。

要するに伝説を作ったやつがアホなんだ。だれが考えたか知らないが。

胸を揉まれたら強くなる女とか、エロ漫画でもそうそうない展開だと思う。たぶん。

「とにかくリノ、胸を触ってもらったからって強くなるってことはないよ」

「そのようね。伝説が間違っていたみたい」

「わかってもらえて嬉しいよ」

「強くなる方法は、きっと他にあるはずよ。……そうね、男の強さの秘訣《ひけつ》。まずはそれを探さないと。神の奇跡の源《みなもと》。きっと男の身体《からだ》のどこかにあるはず！」

「いや、たぶんないと思うけど……」

わかってもらえたのか、もらえていないのか。

「ところで、リノ」

「ん？」

「とりあえず、手を放してくれないかな？」

彼女はさっきから、僕の右手を握り続けているのだ。ぶっちゃけ、かなりドキドキする。

女の子とこんなに手を握りっぱなしなのは、幼稚園の遠足以来《じんせいのぜんせいき》だ。

ともあれ、リノの手のひらは刺激が強すぎる。

「あ、そうね。ごめんなさい」

そう言ってリノは、僕の手を放そうとして——

「〰〰〰〰〰〰〰ッ⁉」

顔色を、露骨《ろこつ》に変えた。

驚愕《きょうがく》の面持《おもも》ちである。今度はなんだ？

「……毛」

「け？」

「……毛よ！　ま、マサキ……あなた……」

「？・？・？」

「……指先に……毛が生《は》えてるッ……!!」

「え、たかが指の毛でそんな世紀の大発見みたいな顔してたの!?」

「たかが、とはなによ！」

リノは全身を震わせながら僕の手をふりほどいた。

そのまま、僕の指先を凝視《ぎょうし》する。

「そ、そういえば、聞いたことがあるわ。男には指に毛が生えているって」

「はあ」

「伝説は本当だったのね。指の毛は、本当に実在するのね！」

「指の毛にまで触れてる伝説ってなによ」

ろくな伝説が残ってねえな、この世界。

「そう、それに男は、髪とかまつ毛の他、変なところに毛が生えまくっているって聞いたわ！」

「変なところってどこ？　そんなにあっちこっちに生えてないよ!?」

「現に生えているじゃないの！　指先に毛が……どういう原理でそんなところに毛が……！」

「いや、君にだって髪の毛が生えてるでしょ。それと同じ――」

だよね。毛が生えてる原理とかよく知らんけど。

リノはおそるおそる、といった様子で僕の指の毛を見ている。

「マサキ。その毛……いきなり伸びたりしない？」

「髪と同じだよ。じわじわ伸びるよ。いきなりは伸びないよ」

「ぶわーって伸びてきて、触手《しょくしゅ》モンスターみたいにわたしの全身をつかまえてきたりしない⁉」

「しないって」

どんな指の毛だよ、それ。

男が滅んだ世界の女の子だからって、ものを知らなさすぎるだろ。

てか、女のひとでも指の毛は生えない？　まあ男よりは目立たないし、そもそもこの世界の女性には生えないのかもしれない。

「ああ、す、すごい。男って……想像以上にすごい生き物なのね……！」

なにせ、この驚きようだからね。

かと思うと、彼女はいきなりぽんと手を叩《たた》いた。

「そうよ。もしかしたら指の毛が、神の祝福の証《あかし》かも！　最強の秘訣かもっ！」

ねえよ。

声に出すのもアホらしいので、内心でツッコんだ。

と、そのときである。

「ねえ、マサキ。お願いがあるの」

リノがなにやら、もじもじしながら言ってきた。

顔が真っ赤だ。おねだりしてくる感じ。顔はやっぱりすごい可愛いと思う。

「お願い？　なんだい、リノ」

「笑わないでね」

「笑わないよ」

「恥ずかしいお願いなんだけど」

「うん」

「ちょっとだけ、その指の毛、剃《そ》ってみてもいい？」


!?


異世界に来てから一番意味不明の展開だった。

おかげで少年マガジンばりに、感嘆符疑問符《ビックリハテナ》が浮かんでしまったぞ。

あ、リノは既《すで》に、カミソリを手に持っている。どこから出した。いつの間に持った。

「って、ちょっと待って。ねえ、なんで指の毛とか剃るの」

「マサキ。わたしね、この国をモンスターから守りたいの」

「うん」

「そのためにあなたの毛が欲しいの」

「おかしいよね、その理屈」

「おかしくない。その指先の毛を研究すれば、男の強さの秘訣がわかるかもしれない」

「絶対わからないと思うけど？」

「お願いよ、マサキ。大丈夫、優しくするから。目をつぶって、全身の力を抜いて……」

「ねえ、気づいてる？　表情とセリフがそうとうヤバいよ？」

「大丈夫、天井のシミを数えてる間に終わるから」

「いや、ここ外だから。天井とかねえから！」

だが僕の叫びもむなしく、彼女はそっと、僕の右手をつかんだ。

う……。さっきも思ったけど、やっぱり女の子の指先って、やわらかいな。改めて、ドキドキしてしまう。

まあ、やられようとしているのは、指の毛剃りなんだけどね。

「男の身体とはいえ、毛先くらいなら……マサキが力を抜いてくれたら剃れるはず……」

「…………」

「じっと、じっとしててね……」

——しょり。

「あああっ！　ついにゲットしたわ！　指の毛、ゲットだぜ！」

ゲットされてしまった。

短い指の毛をつまんでいるリノ。

すると。

「んああああああああああああああっ！」

「ど、どうした、リノ⁉」

僕は仰天《ぎょうてん》した。そりゃそうだ。

リノの全身が突如《とつじょ》、光り輝きだしたのだから。

光っただけじゃない。リノの金髪は舞い上がり、その両頬はなぜか紅潮している。しかも
「んあああ、あああアン！」なんて、ちょっとヤラしい感じで叫んでいたりして。

「だ、大丈夫?」

僕はおそるおそる声をかけた。

リノは輝きながら、こくりとうなずく。

「すごい。すごいわ。いまレベルアップした気がする！」

「は……?」

「これが男の力よ！　マサキの指の毛を手に持ったら、わたしのパワーが上がったの！」

「なんで⁉　ねえどうして⁉　もうツッコみきれないよ⁉」

「ああ……なんて素晴らしいの……！　男の力！　男の毛……！」

やがて、リノの輝きはおさまった。

かと思うと、彼女は鞘《さや》におさめていた剣を引き抜き、

「見ていてね。……せいっ！」

持っていた剣を、思い切り振りかざした。

すると――ゴオオオオッ！

剣撃《けんげき》によって生まれた衝撃波が地べたを走り、数十メートル先にあった巨大な岩が真っ二つに割れた。

……え？　マジ？

「すごいわ。いまのわたしならミノタウロスにもひとりで勝てそう！」

「な、なんてパワーアップだ……」

僕はあっけに取られて、口をあんぐりと開けた。

指の毛を持つだけで強くなるって。……なんだよ、それ。

「マサキ。わたしは十年前から剣の修行をしてきたわ」

「うん」

「だから、ちょっぴり悔《くや》しい。長年の鍛錬《たんれん》よりも、あなたの指の毛によるレベルアップのほうが上だなんて」

ちょっぴりでいいの？

指の毛が十年の修行より上とか、僕が君の立場だったら自殺ものだよ？

「男の毛って、すごいわ！」

瞳を光らせている彼女を前にして、僕はもう言葉もなかった。

しかし、ひとつだけ言えることがある。

女の子に指の毛を剃ってもらい、しかもそれで大喜びされる。

僕の人生にそんな瞬間が訪れるなんて、想像もしていなかったってことだ。

人間の一生って、奥深いなぁ……。

「ああ……わたし、もっと、もっと強くなりたいわ。オルスベール王国を守るために！　……ねえ、マサキ。指の毛、もっと剃っていいかしら。――しょり、しょりしょり……」

リノは僕の指の毛をさらに剃り続ける。おかげで僕の指はすべてツルツルになってしまった。

しかしその甲斐《かい》もなく、リノの身体にはもう変化が現れない。

「どうやら指の毛レベルアップは、一度だけのようね。残念だわ」

わけのわからないレベルアップが打ち止めで、こちらとしては嬉しい。

「それにしても興味深いわ、男性の力。その根源と秘訣はどこにあるのかしら、知りたい……」

リノはじろじろと、僕の全身を舐《な》めるように見回してくる。

「ねえ、マサキ。悪いけどちょっと全裸《ぜんら》になってみてくれる？」

「嫌だよ！　あのねリノ、強さに秘訣なんかないし、僕を裸《はだか》にしてもなにも出ないよ――」

「やだ、マサキ。いまのはほんの冗談よ」

「どこからどこまでが冗談なのさ⁉」

にこにこ顔の彼女に向けて、全力でツッコんだ。

リノって基本的にはいい子で、真面目な女の子騎士だと思うんだけど……。

男の強さについての話題になると、暴走するみたいだな。

「ねえ、マサキ」

そのときふと、リノが真顔《まがお》になって言った。

「お願いがあるの」

「お願い？」

「さっきも言ったけど、この世界には男がいない。我が国――オルスベール王国にも男がいないわ。だけど王国の近くには、さっきのミノタウロスみたいなモンスターがうろついているの」

「そりゃ、危ないね」

「ええ。だからマサキ。うちの国に来てくれない？」

「え」

「あなたがいれば、オルスベールの平和が守れる。もしモンスターが攻めてきても大丈夫になるから。……本当は、わたしたちの国は、わたしたちの手で守らないといけないんだけどね」

彼女は、ちょっとだけ複雑そうな顔で言った。

しかし、その表情はすぐに消えた。そして真面目な顔になって続ける。

「お願い、マサキ。オルスベール王国を、わたしと一緒に守って」

「………」

僕は少し考えた。

だが、他に行き先もない。

元の世界に戻るあてもないし。

それに、あっちの世界は居心地《いごこち》が悪すぎる。

もともと願っていたことじゃないか。違う世界に行きたいと。

そうだ、悩むことはない。リノの住むオルスベール王国で暮らしていこう。

「わかった、オルスベール王国に行くよ」

「ほんと⁉」

僕がうなずくと、リノはぱっと瞳を明るくさせた。

「やった、やった！　断られたら、どうしようかって思ったわ。ありがとう、マサキ！　これで王国を守れるし、それに一緒にいたら、男の強さの秘訣だってわかるかも！」

満面の笑みを浮かべるリノ。
強さの秘訣云々《うんぬん》はともかく、その喜んでいる様子は——
なんかもう、抜群《ばつぐん》に可愛かった。ヤバいくらいに。
「これからよろしくね、マサキっ！」
ぐっと目を細める、リノ。
その笑顔は、力になりたいと思うには充分な笑み。
あまりの愛らしさに、胸がドキドキしてしまう。
この世界は、こんな可愛い女の子ばかりなんだろうか。
……なんていうか。耐えられるだろうか。
ここは、童貞を殺す異世界かもしれない。

【第二話】……………宿命のスライム責め

A different world that kills virginity

「じゃ、わたしたちの国に帰るわよ」

「うん」

僕は、リノに先導されて歩き出す。

「オルスベール王国って、ここからどれくらいの距離なの？」

「歩いて三十分くらいかしら」

二キロくらいかな。けっこう楽しみだ。

異世界の国ってどんな感じだろう。

ＲＰＧみたいな感じかな。いや、ヨーロッパみたいな感じかも。

ちょっとワクワクするけれど……あ、でも待てよ？

「ねえ、リノ。男のいない国に、僕を連れ帰ったら騒ぎになるんじゃない？」

「なるでしょうね。でもみんな、大助かりだと思うわよ」

「そうかもしれないけど、そういうことを勝手に決めていいの？」

「大丈夫。わたしはオルスベール王国の姫だから」

「え。ひ、姫様……？」

「そうよ。ついでに言えば王族はわたしだけ。だから、わたしが決めたらもうそれでオーケー」


なるほど。そういうことなら、確かに問題はないだろうけど。

それにしても、お姫様か。僕は思わず、彼女の全身を見つめてしまった。

言われてみたら、まとっている鎧《よろい》はなんだか高級そうだし、金髪はすごい綺麗《きれい》だし、なんとなく気品がある。……姫騎士リノ、か。

姫騎士って単語にそこはかとなくエッチな響きを感じるのは、僕の心が汚れているんだろうな。モンスターに――そう例《たと》えばオークあたりにつかまって「くっ殺せ」とか言いながらも蹂躙《じゅうりん》されたリノは、身も心もアへ顔ダブルピースな感じになってしまいあわれにも絶頂、快楽の虜《とりこ》に――

「どうしたの、マサキ」

「おうわっ⁉」

リノが、きょとんとした顔で覗《のぞ》きこんできている。僕は妄想《もうそう》の世界から帰還《きかん》した。

「あ、もしかして、姫様だって知って恐縮《きょうしゅく》してる？」

「え？　あ、う、うん……まあ、驚きは、した……」

「気にしなくていいわよ。マサキはわたしの家臣《かしん》じゃなくて、オルスベール王国の客人なんだもの。これまでと同じでいてほしいな」

「そ、そう。……じゃ、そうする。ははは」

エロい妄想を振り払うかのように、愛想《あいそ》笑いを浮かべる僕であった。

「だけど、お姫様がどうしてこんなところに？　ひとりでモンスターと戦っていたけど、大丈夫なの？」

「あんまり大丈夫でもないけど、わたしがやるしかないのよ。わたしは――自分で言うのもなんだけど、国で一番の剣の使い手なの。だからいつも国の近くをパトロールしているのよ」

「なるほど。それでミノタウロスと遭遇《そうぐう》して戦っていたときに、僕がやってきたってわけか」

「そういうこと。本当に助かったわ、ありがとうね。……いつもは家臣とパトロールしているんだけど、今日に限ってはぐれちゃって。その子と一緒だったら、ミノタウロスが相手でも不覚は取らないのだけど」

その子、か。

どうやら女の子の家臣がいるらしい。

「その家臣も、きっとリノのことを捜しているだろうね」

「んー、まあ、国に戻ってると思うけどね。はぐれたらオルスベール王国で落ち合うって決めているし。……それよりも、しくじったわ」

「なにが？」

「お弁当。家臣に持たせていたから」

「そうか、昼食……」

そう言われると、急にお腹《なか》が減ってきた。

「ま、パンと水くらいなら携帯食として持ってきているけど」

リノは背中のマントを翻《ひるがえ》すと、革袋《かわ》を見せた。

けっこう大きめ。リュックサックサイズの袋だ。

「傷薬と、簡単な着替えも入っているのよ」

「準備万端《ばんたん》だね」

「なにが起こるかわからないからね。で、マサキ、どう？　パン、食べる？」

「え、いいの？」

「もちろん。ふたりで食べましょ」

リノは袋の中からパンを取り出した。フランスパンみたいなパンだった。

で、リノはパンをふたつに割る。そして片割れを、僕に差し出してきた。

「いただきます」

パンを受け取って、食べ始める。もぐもぐ。……おっ、うまい！

空腹だからかもしれないけど、柔らかくて、ほんのりミルクの香りも漂っている気がする。

味も気持ち甘めで、ジャムもバターもないのに美味《おい》しい。すごいな、これはいけるぞ。

だけどパンがあるなんて、やっぱりこの世界はヨーロッパ系の文明らしいな。

「水もあるわよ」

鉄製の筒を差し出してくる、リノ。どうやら水筒らしい。

喉《のど》が渇《かわ》いていた僕は、それもありがたく頂戴《ちょうだい》した。

ぐびぐびぐび。……うん、美味しい。

「マサキ。わたしも喉が渇いたし、水、一口もらえるかな」

「そりゃ、もともとリノの水だし。どうぞどうぞ」

「ありがと」

リノは水筒を受け取ると、ごくごくと水を飲み始めた。

……ん。待てよ？

これって……間接キスだな。

リノは気にしていないみたいだけど、僕はちょっと気にする。

彼女の艶《つや》やかな唇《くちびる》と、水を飲むたびに蠢《うごめ》いている白い喉を、思わず見つめて——

「ああああああああああああああああああああン!!」

突如《とつじょ》、リノが叫んだ。

な、なんだ？

「あ、熱い。なんだか、すごく熱いわ。……ああああっ！」

「うわっ！」

僕は思わず、身を退《ひ》いた。

リノの身体《からだ》が、突如、まばゆい光に包まれたからだ。

かと思うとリノは、みずからの身体を眺《なが》めまわし――

「……治った。治ったわ！　ミノタウロスとの戦いで受けた細かいキズが、全部治ってる！」

「え、なんで⁉」

「あなたが口をつけた水を飲んだからよ！」

リノは断言した。……って、マジで⁉

「間違いないわ。男パワーのおかげよ！」

「男パワーどんだけ⁉」

「す、すごいわ。マサキ。もっと、もっと頂戴。あなたの男汁《おとこじる》をちょうだい！」

「そういう言い方はやめて！」

「ああ、やっぱり伝説の男ってすごいのね。あなた、どんな身体をしているのよ！」

「僕のほうが聞きたいよ！」

次々と巻き起こる展開のすさまじさに、僕はいよいよパニックである。

と、そのときであった。

「キシャアアアッ！」

突如、僕らの背後から声がしたのだ。

リノは振り返るなり「え？　なに——きゃあっ！」と甲高《かんだか》い声音《こわね》で叫び、僕も「うわっ！」と思わず叫ぶ。

そこにいたのは、ぐねぐねとした緑色の物体がいくつか。

大きさはどれもサッカーボールくらいだ。

こいつらって、もしかして——

「スライム！」

リノが叫ぶ。やっぱりか！

こういうグネグネ&ネバネバ系っていったら、やっぱりスライムだよね。

某有名RPGみたいに、あまり可愛《かわい》い外見ではないけれど。

「キシャアアアアッ！」

「ミシャアアアーーッ！」

「フーッ、フーッ！」

「水を求めてやってきたのね。スライムは水が好きだから」

「リノ、早くその水を捨てて！」

と、僕は叫んだ。

しかし手遅れだった。

スライムたちは、いっせいに「シャアアアア！」と雄叫《おたけ》びをあげ――

「きゃあああっ！」

いきなり、リノにまとわりついたのだ。

彼女が水を持っているからだろう。

「ちょっと、やめて！　やめ――あンっ！」

リノはスライムたちに絡《から》まれて、悶《もだ》えるような嬌声《きょうせい》をあげる。

白い身体がくねくねと動く。むっちりとしたヒップラインが、官能《かんのう》的かつ蠱惑《こわく》的に、上下左右へ激しく乱れる。匂《にお》うような清楚《せいそ》な色気。わずかに汗《あせ》ばむ、シミひとつない美麗肌《びれいはだ》――

…………あ、いやいや。見入ってる場合じゃない。

「や、やめろ！」

僕は飛びかかり、リノの身体からスライムを剥《は》がそうとして――うわ、ぷるぷるしてる。

スライムが？

おっぱいが？

……わかんねーよ！

くそ、女の子の身体を触るなんて初めてだから、どうしたらいいかわからない。

なんだかふにふにして、やわっこくて、ぷるんとしていて、生温《なま》かくて……。

「やっ！　ちょ、ちょっと、マサキ、くすぐったい……もうちょっとうまい剝がし方ないの……んっ、ああ、ああっ、スライムが吸いついてきて――あ、ああンッ……！」

「だから、そんな声を出さないでくれ！」

僕に、この戦いは辛《つら》すぎる。いろんな意味で。

「ああもう……！」

僕はいよいよヤケクソになって、

「スライムどもだけ、全部ふっとべっ！」

そんなふうに叫んだ。

そうしたら――カッ！　と、光があたりに満ち満ちた。

そして次の瞬間、スライムは見事にすべて消えていたのだ。

目の前には、リノだけが残っている。

彼女は呆然《ぼうぜん》としていたが、やがて口を開く。

「……男パワー炸裂《さくれつ》ね。スライムをあっさりと消滅させた」

「いよいよなんでもありって感じで、自分でもビビってるよ」

「マサキ、ありがとう。二度も助けられちゃったわね」

「あ、いや、それは……大したことはしてないけど」

「ご謙遜《けんそん》ね。ふふふっ」

リノは可愛らしく笑った。

それよりもリノを見ると、鎧と服の一部が破れている。スライムにかじられたようだ。

「リノ、ケガしてるんじゃないか？　大丈夫？」

「ケガはないわ。鎧がちょっと壊されちゃったけどね」

「壊れた鎧を着たままって、危ないんじゃない？」

破壊されて、とがった部分が、肌に刺さるかもしれないし。

「そうね。じゃ、着替えようかな」

リノはそう言うと、革袋をあさり始めた。そういえば、着替えがあるって言ってたな。

それじゃ、僕は後ろを向いてるから……。

と、言いかけたそのときだ。

「よいしょ」

リノは何気ない仕草《しぐさ》で、鎧と服を脱ぎ始めて――って、えええええ⁉

彼女は本当に着替え始めた。鎧を脱ぎ、さらにその下に着用していた布の服から下着まで思い切り。ためらいも見せず脱ぎ去ったのだ。

「おふっ……」

思わず、変な声が出てしまった。

だ、だって、だって。お、おっぱいでかいんだもん。

綺麗に盛り上がっているふたつの膨《ふく》らみ。ツンと上向きに張りつめたその大きなバストは、いかにも柔らかそうにほんの少しだけ揺れている。しかも色は真っ白で、例えるなら真夏の入道雲のようなシミひとつない清らかさだ。形だって文句のつけようがない美乳ぶり——って、違う！

リノさん、リノさん。あなたはどうして脱いでるの？

変態なの？　痴女《ちじょ》なの？　ビッチなの？

「や、やめろって。女の子が男の前で裸《はだか》になんかなるなよ！」

思わず叫んだ。いやだって、叫ぶしかなくない？

据《す》え膳《ぜん》食わぬはなんとやら？　無理だよ。それができるなら、彼女イナイ歴二十一年になってねえよ！　童貞《どうてい》の残念さナメんなよ？　動くべきときに動けねえから童貞なんだよ！

……と、そんな僕の困惑《こんわく》なんて、知る由《よし》もなく。

「え、なんで脱いじゃダメなの？」

リノはきょとんとした声だ。

上半身は完全にハダカ。

下半身も、鎧を外してミニスカートだけになっている。

ミニスカから伸びた素足が眩《まぶ》しい。特にふくらはぎの張りなんか、もう絶品だ。

ヤバいくらい綺麗で、なおかつ肉感的な身体を見ながら、僕は叫んだ。

「なんでって、そりゃダメでしょ！」

「どうして？」

「は、恥《は》ずかしくないの？」

「なんで恥ずかしいのよ」

だめだ、会話が成立しねえ。

つーかさっきも、胸を触ってもらおうとしていたしな。ほんとなんなんだよ、この子は。

……と、思っていた僕だったが、ふと気がついた。

冷静に考えると、リノの反応は当たり前かもしれない。

ここは男が滅んだ世界だ。そんな場所で、異性への羞恥心《しゅうちしん》が育つはずもない。

リノが脱ぎまくるのは変態でもなんでもなく、当然のことなのだ。

だけど僕はやっぱり、なんていうか……なんていうか、だめだっ！

「家族以外の異性の前で、服を脱いだり裸を見せたりするのはだめだ。それをやるのは、好きな人の前だけでないといけないと思う」

本音だった。……こんな性格だから僕は、バイト先の人たちから「オメー、童貞臭いんだよゲラゲラ」なんて笑われていたのかもしれない。

でも僕は、そう思うんだ。

「好きな人？　友達ってこと？」

「いや、そうじゃなくて……」

「あなたの言うこと、よくわからないわ」

リノは小首をかしげる。うーん、どう説明したらいいんだろう。

僕は腕を組み、そのままうつむいてしまう。

……そのまま三分。

「マサキ」

「……ん？」

「着替え。終わったわよ」

考え込んでいる間に、リノは新しい服を着たらしい。

ちょっともったいな——もとい。よかった、よかった。

僕は顔を上げて、私服を着ている彼女を目《ま》の当たりにした。

「………」

「どうしたの、マサキ。ぼーっとして」

「あ、いや」

見惚《みと》れてしまった、とは言えなかった。

私服姿のリノには、鎧姿や半裸《はんら》のときとはまた違う麗《うるわ》しさがある。

つーか、はっきり言って、かなりエロい。

薄手の白いブラウスに、淡い黒のスカート。しかしそのスカートの腰部分は、コルセットでもつけているのか、彼女の細い腰回りをいっそう締めつけるような形になっている。その結果、ウエストはこの上なくくびれ、豊満なバストは見事に強調されていて、しかし全体的には清楚な外見という、極《きわ》めて矛盾《むじゅん》した服装になっているのだ。

清純でありながらエロいというこの矛盾。

童貞を殺す服とはまさにこのこと！

「さ、オルスベールに行きましょ。鎧も壊れちゃったし、早くお城に戻らないと」

僕の内心など知る由もないリノは、にっこり顔で告げてくる。

「あ、う、うん」

僕はあいまいに答えつつ、リノに付き従って、歩き始めた。

彼女の後ろ姿――ぷるんとした、果実のようなお尻《しり》だとか、スカートの下から伸びている真っ白なナマ脚《あし》だとか、張りのありすぎるふくらはぎを見ながら、改めて思う。

ほんと、いろんな意味で童貞殺しの異世界だな、ここは！

しばし歩くと、草原の彼方《かなた》に、西洋風の城郭《じょうかく》が見えてきた。

白い石造《いしづく》りの建築物で、高さは十階建てのビルくらいだ。

「あれがわたしたちの国、オルスベール王国のお城よ」

リノが言った。

想像していた通り、ヨーロッパにありそうなお城だった。

さらに近づくと、城のふもとが見えてくる。

近くまで来てわかったが、お城は石壁に囲まれていた。

壁の高さは五メートルくらいだろうか。

激戦のあとを思わせる、キズだらけの壁である。

「この壁の向こうに、オルスベールのお城と街があるのよ」

「なるほど。街も壁で囲っているわけね」

そうだよな、国民をモンスターから守らないとな。

壁がキズだらけなのも、モンスターから国を守ってきた結果だろう。

で、僕とリノは壁の横を歩いていく。

やがて、大きな門が見えてきた。

あの門から、入国するわけね。

「……ん？」

僕は思わず、怪訝《けげん》な声を出す。

城門の前に、少女が立っていたからだ。

真っ黒なローブを全身にまとっている女の子。

いや、服だけじゃない。髪も黒い。艶《つや》やかで長い、黒髪ロングの髪型。ローブの下から伸びている二本の脚《あし》は、黒タイツを着用していた。全身黒ずくめだ。

そんな真っ黒少女は、見たところ中学生くらい。やや幼《おさな》めだが、しかし整った顔立ちをしている。全体的に、おとなしそうな印象を受ける顔だ。黒髪とは対照的な、翡翠《ひすい》色の輝きをもった双眸《そうぼう》が美しかった。

その少女。

よく見ると手になにかを持っている。

手遊びのように、そのなにかをいじりながら、ぶつぶつ小声で独《ひと》り言を言っていた。

なんだろう。よく耳を澄《す》ましてみる。

「叱《しか》られる、叱られない、叱られる、叱られない……」

……………花占《うらな》い？

この世界にもあるのか、花占い。

少女は確かに、小さな花を手に持って、花びらを抜きながらつぶやいているのだ。

「叱られる、叱られない、叱られる。…………。…………………」

あ、花びらが終わった。

占いは『叱られる』になったようだ。

なにを叱られるのか、わからないけど。

「…………」

少女はそのまま、じっとたたずんでいたが、やがて、

「死のう」

ぽつりとそう言って、どこからかロープを取り出すと、城門の上のでっぱりに引っかけてからロープの先に輪《わ》っかを作り、って、おおおおおおい!?

「ちょっと待った――――っ!!」

僕は思わずダッシュすると、少女からロープの先っぽを奪い取った。

あ、あっぶね。いま、首を吊《つ》ろうとしていたぞ、この子！

自殺、ダメ、ゼッタイ。

「…………」

少女は眉《まゆ》ひとつ動かさない。無表情キャラか。

かと思うと。……びく。びく。びくびくびく。びくびくびくびく……！

なんだか、小刻《こきざ》みに震えはじめた。顔を蒼白《そうはく》にしながら、全身を激しく揺らせている。

……スーパー貧乏《びんぼう》ゆすり？

「はあ……」

と、そこへリノがため息をつきながらやってきた。

「サキカ。落ち着きなさい」

「！　リノ様」

サキカと呼ばれた少女は、リノの姿を確認すると――

カサコソカサコソ！

ゴキブリのごとき奇怪《きかい》な動きでその場から逃げ去り、近くにあった木の陰《かげ》に隠れてしまった。

いや、顔を三分の一ほど出しながら、こちらの様子をうかがってはいるんだけど。

「リノ。なんなの、あの子は」

「サキカ・シャストール。十四歳で、わたしより三つ下の女の子なんだけど、オルスベールでは一番の魔法使い。才能もあるし努力もしている。実力は確かよ。ただ」

リノは再びため息をついた。

「ちょっと怖がりで、落ち込みやすい性格なの」

「ちょっとどころじゃない気もするけど。なんかわからんけど死のうとしてたし」

「あー……えっとね。さっき言ったでしょ。いつもは家臣とパトロールしているんだけど、今日に限ってはぐれちゃったって。その家臣がサキカよ」

「なるほど。……それで、叱られる叱られないって、花占いしていたのか」

その結果、叱られる、と出たので死のうとしていた、と。

「…………」

サキカさんは、やっぱり顔をちょっとだけ出しつつ僕らのほうをじっと見ている。

「サキカ、もういいから。怒ってないから、こっちに来なさい」

「！」

サキカさんは、リノにそう言われたことでほっとしたのだろう。

大きな目を見開くと、すっと木の陰から出てきて――また、カサコソカサコソと不気味な、もとい素早い動きでリノのところへと駆け寄った。

「リノ様。私を許してくださるのですか」

「許すもなにも、はぐれたのはお互い様だから」

「ありがとうございます。お優しいリノ様。感謝。大感謝……！」

サキカさんは無表情のまま、しかしきらきらした眼差《まなざ》しをリノへと送っている。

かなりの忠誠心をもっているみたいだな、この子。

と、そんなことを考えていたら、サキカさんは急に僕のほうへと向き直り。

「……見慣れない姿」

「ああ、紹介するわね。ふふっ、あなた、きっと驚くわよ」

「………」

「この人はね、マサキっていうの。モンスターから――」

わたしを助けてくれたの。

と、リノは続けたかったんだろう。

だがサキカさんは、その時点でぴくんと全身を弾《はず》ませて、

「モンスター……！」

とつぶやくと、急にその場で右手を突き出し構えを取った。

あ、すごい嫌な予感がする。勘違《かんちが》いされた気がする。

「モンスター。なぜリノ様に近づいた。……排除する！」

サキカさんは、むにゃむにゃ、と呪文《じゅもん》らしきものをつぶやく。

そして右手から――ドン、ドーン！

大砲にも似た、炎の弾丸《だんがん》を撃ち放ってきたのだ。

ちくしょう、やっぱり誤解されたっ！

「サキカ、なにやってるの⁉」

リノは慌《あわ》てた声をあげるが、もう遅い。炎の弾丸二発が、超スピードで僕に迫る。

そのパワーはすさまじい。あたりに風を巻き起こし、木々が揺れて草は波打つ。

サキカさんのローブもはだけた。いかにも十四歳らしい、無駄な脂肪《しぼう》などいっさい付いてない細いふくらはぎと太ももが、タイツ越しにもしっかりとわかる。そのふくらはぎの細さと張りが、いかにも少女らしくてGOOD。さらには真っ白な下着までちらついて、

「って、それどころじゃねえ‼」

僕は思わず両手を突き出し、直前まで迫っていた二発の炎を――バシ、バシッ！

両方とも受け止める。その瞬間、炎の弾丸は二発とも消失した。

「……！」

サキカさんは、信じられないという顔で僕の両手を見つめてくる。

まあ、気持ちはわかる。炎を受け止める人間とか、普通いないし。

「サキカ、話を聞いて。この人はマサキ。わたしの恩人よ。モンスターから助けてくれたの」

「マサキ。……恩人？」

「そう。この人はね、れっきとした人間。それも――男なのよ」

「ッ‼　お、男。まさか、伝説の……男……？」

「そう、男性なの。だからあなたの魔法もぜんぜん通用しなかったでしょ。信じられないかも

しれないけど、本当よ。オルスベール王国に、男が再臨《さいりん》したの」

「なんと……なんという……おおお……」

サキカさんはクールな表情を保ったまま、しかし顔色だけは真《ま》っ青《さお》になった。

かと思うと彼女は、僕の前にひれ伏して、

「も、申し訳ありません。まさかモンスターと間違えてしまうなんて」

「い、いや、もういいよ！　ね、頭を上げて」

「あなた様を攻撃したその罪、万死《ばんし》に値《あたい》します。このサキカ、命に代えてつぐないを……」

「だからいいって！」

サキカさんが、先ほどのロープをまた手に取ったので、僕は慌てて止めた。

するとサキカさんは、きらきらした目で僕のことを見つめてきた。

「許してくださるなんて。なんと器《うつわ》が大きい……！　さすがは伝説の男――」

「あ、あのさ。いちいち伝説の男って呼ぶの、なんとかならない？」

伝説の勇者、みたいなノリなんだろうけど、ちょっと勘弁《かんべん》してほしい。

「正樹《まさき》って名前があるからさ。そっちで呼んでくれないかな」

「マサキ……様」

「様付けもちょっとアレなんだけど」

「こ、これ以上は無理です。マサキ様と呼ばせていただければ」

……まだなんだかむずがゆいが、これ以上を強要するのは酷《こく》か。仕方ない。

「じゃ、好きに呼んでくれ。……これからよろしくね、サキカさん」

「さん付けなんて、とんでもない。呼び捨てでけっこうです」

「そ、そう？」

でも、姫であるリノのことを呼び捨てにしているのに、その臣下《しんか》であり年下でもある彼女をさん付けってのも、なんだか妙だな。

「じゃ、サキカって呼ぶよ」

「はい。……よろしくお願いします」

サキカは、深々と頭を下げた。

そんな彼女を見てリノは、なぜか、うんうん、と満足げにうなずいていた。

どうしてだろう。喜んでくれているはずなのに、困る。

見えざるなにかにツッコミを入れたくてしょうがなかった。


ともあれ、こうして僕らはサキカと合流。

城門が開き、いよいよ僕はオルスベール王国に入国した。

遠くに見えるお城へと、石畳《いしだたみ》の道路が続いていて、その道の両脇《わき》には木造二階建ての建物が立ち並んでいる。住居もあればお店をやっているところもあった。肉屋とか青果店とか。しかしひときわ目を引いたのは、剣とか鎧《よろい》、盾《たて》や兜《かぶと》。つまり武器防具を扱ってる店だった。ここらへん、いかにもファンタジーだよなあ。

そして道中では、この国の民らしき女性たちとすれ違うんだけど。

彼女たちは、リノの姿を確認するとその場でさっと頭を下げた。

さすがお姫様だな。なんだか、大名行列の従者になった気分だ。

ちなみに頭を下げているせいか、女性たちは僕の存在にまだ気づいていない。

これについては、正直少しホッとした。僕は小声でリノに言う。

「よかったよ。男が来た！　って、大騒ぎになったらちょっと面倒《めんどう》だったしな」

「どっちみち、いずれはみんなに知られると思うけど」

「心の準備ってものがあるんだよ。とりあえず今日は初日だからこれでいいんだ」

「まあ、そうかもね。……もっともみんな、ただマサキを見ただけじゃ、男だってわからないかもしれないわよ？　なにせ、本物の男を見た人がだれもいないんだから」

「それもそうか」

「わたしだって、最初は男だとわからなかった。あなたの強さを見て、話を聞いて、やっとわかったんだから」

「サキカなんて、最初はモンスターと間違ったくらいだしね」

僕は軽口混じりでそう言いつつ、後ろを歩くサキカを振り返り——

「さよなら現世」

「だから待った――――っ!!」

ロープを用意しているサキカがそこにいたので、叫ぶと同時に奪い取る。

「死ななくていいから。ね、死ぬのはやめよ？　生きてれば、きっといいことあるからさ」

月並みだが、しかし王道なセリフを告げてサキカを励《はげ》ます。彼女は、こくりとうなずいた。

「マサキ。あなたがオルスベールに来てくれて助かったわ。サキカを止める役が増えた」

「モンスターとの戦いじゃなくて、こういうところで褒《ほ》められてもなあ」

「め、面目《めんぼく》ありません」

サキカは、目をそらしながら頭を下げた。

「で、リノ。これからどうするの？」

「とりあえず、部屋に案内するわ。マサキのために客室をひとつ用意するから」

「そりゃ、ありがたい」

「わたしは姫としての仕事があるから、客室まではサキカに案内してもらおうかな」

「わかった。よろしくね、サキカ」

「お任せください。……こ、この大任、命に代えても、は、果たして……」

「命がけじゃなくていいから。普通でいいからね!?」

小刻みに震えながらつぶやくサキカに向けて、僕は全力で声をあげるのであった。

そういうわけで、僕はオルスベール城に入った。

オルスベール城は、外観こそ古いお城だったが、中は綺麗《きれい》だった。

白亜《はくあ》の柱に、大理石の床。だいぶん昔に築かれたであろうお城は、相当の年月が経過していてもなお美麗《びれい》だった。

そんな城内を僕は、サキカの先導によって案内される。

やがて通されたのは、二十畳はあるだろう、やたらに広く、そして豪奢《ごうしゃ》な部屋だった。

家具は一通り揃《そろ》っているし、床には絨毯《じゅうたん》が敷き詰められている。まるで高級ホテルだ。

「すごくいい部屋だね。サキカ、ありがと——あれ」

ふと見ると、サキカはいなかった。

さっきまでいたのに。どこに行った？

「………………」

あ。

いた。

部屋の柱に隠れて、顔を半分だけ出している。

「なんで隠れてるの？」

「マ、マサキ様と同じ部屋にいると思うと、それだけで、畏《おそ》れ多くて」

彼女は震える声でそう言った。僕なんかに畏れ入ることないのに。

……といっても、この世界では男は伝説の存在だし、緊張するのも当然なのかも。

よし、ここは僕のほうから歩み寄ってみよう。

「あのさ、サキカ。……大丈夫だから」

僕は相好《そうごう》を崩《くず》すと、努めて温和な声で言った。

「伝説だなんて言われてるけど、男っていっても君と同じ人間なんだよ。そんなに怯《おび》えなくてもいい。それに、この国では僕のほうが後輩なんだから、むしろサキカにいろいろ教えてもらう立場だし。だから、僕のほうが下だと言ってもいいくらいさ」

そこまで言うと、サキカはやっと顔を上げたが、しかしすぐにふるふるとかぶりを振り、

「私より下なんてとんでもない。あなた様は伝説の存在ですし、それにリノ様のご友人でもあります。私にとってリノ様は絶対ですので、そのリノ様と対等のマサキ様にも、私は絶対の忠誠を誓《ちか》うのです」

忠誠、ね……。どうもなんだか、むずがゆいなあ。

「それにしても、ずいぶんリノに忠義を誓っているんだね、サキカは」

「もちろんです。あの方には大きな恩義があります」

「恩義？」

「私は幼いころより、旅の商人の召使《めしつか》いでした。その商人は――決して良い商人ではなくて、

私はこき使われていたのですが、そこをリノ様に助けていただいたのです。そしてリノ様は私の中に眠る魔法の才能を見出《みいだ》してくれて、魔法の勉強をさせてくれました。いまの私があるのはリノ様のおかげです。昔のままだったら、私はどうなっていたことか。……で、ですので、私はリノ様の忠実なる家来《けらい》。ひいてはリノ様のご友人たるマサキ様にも忠実たらねばならないのです」

……なるほど、そういうことか。

いろいろとわかった。そういう話なら、確かにサキカにとって、リノは大恩人だろう。

そして、この子が常《つね》にビクビクしている理由も理解できた。

憶測《おくそく》だけど、サキカがまだ召使いだったころ、主人だった商人は、本当に嫌なやつだったんだろう。いろいろ辛《つら》い目にもあわされたんだろう。だからサキカは、こんなにビクついているんだ。やたらと自殺したがりなのも、もしかしたら、過去になにかあったからかもしれない。

それを根掘り葉掘り尋《たず》ねるつもりはない。辛い昔を思い出させることはない。

だけど、それでも――

「……サキカ」

ぽん。

僕は彼女の、震えている肩を叩《たた》いた。

「マサキ様……？」

「そんなに震えなくていいよ」

僕はそう言った。ビクビクしている彼女を見ていると、なんとかしてあげたくなったのだ。

僕も元の世界で、人間関係とかうまくいかなくて、バイトもクビになったほどだから。

サキカの、だれかに怯える気持ちが、なんとなくわかるから。

だから、せめて、僕に対してだけは恐縮《きょうしゅく》しなくていいって、そう伝えたい。

「リノは、震えているサキカをなんとかしたくて、悪い商人から助けたんだと思う。僕も、そんな風に怯えている君は見たくないな。……だから恐縮なんかしないでさ、肩の力を抜いていいんだ。それに――そう、リノは姫様だから、その御前《ごぜん》で肩の力を抜くってのは難しいかもしれない。けど僕に対しては、忠誠とか忠実とか、そんなこと考えなくていい」

「そ、それはどういう……」

「友達でいよう、ってことさ」

そう言うと、サキカのあごがピクピクと動いた。

不思議な反応だ。しかし、悪い気持ちにはなっていないようだ。

「まあ、いまのサキカには難しいことかもしれないけどさ」

人間は一朝一夕《いっちょういっせき》には変われないもんね。

「そうだ、サキカ。いま僕がしたみたいに、こっちの肩を叩いてみてよ。そうしたら、度胸《どきょう》がつくかもしれないぜ?」

「そ、そんなこと！　畏れ多――」

「――くないから。ほら、勇気を出して」

僕は、僕より二十センチ近く背が低いサキカのために、膝《ひざ》を曲げた。

サキカの胸のあたりに、僕の顔がくる。これなら肩を叩きやすいだろう。

「…………」

サキカはちょっと迷っていたようだったが、やがて手を出して、僕の肩を叩こうとして――

ぽんっ。

……恐縮の結果なのか。

彼女は僕の肩に触ろうとして、その途中にある僕の頭に、手をぶつけてしまった。

さっと、顔を蒼白にするサキカ。

「も、申し訳ありません。私、私……」

びくびくぷるぷると震えながら言う彼女に対して、僕は、

「気にしない」

そう言うと、すっと立ち上がって――

ぽんぽん。

と、彼女の頭を二度、優しく叩いた。

「これでいい。おあいこだ。ね？」

「……マサキ様」

サキカは無表情のまま。

しかし、瞳《ひとみ》を少し開いて、わずかにその目を潤《うる》ませていた。

まずい。泣かせちゃったかな。

「ごめん。……嫌だった？」

ふるふるふる‼

僕の問いかけに対して、サキカは激しくかぶりを振った。

そしてわずかに目を細めてから、再びあごのあたりをピクピクと動かした。

さっきと同じ反応だが、よく見ると、まるで猫がノドを鳴らしているようだ。

たぶん、喜んでいる。……ように見えるんだけど。

ま、とにかく――

「これで僕らは、友達同士だ。少なくとも僕は、そう思っている」

「……マサキ様。あの」

「さて」

僕は部屋の出入り口のほうへと歩き出し、

「よかったら、お城の中も案内してくれないかな。どこになにがあるか、知っておきたいし」

そう言った。すると、サキカはしばし呆然《ぼうぜん》としていたが――

やがて気がついたように、トコトコとこちらへやってきて、

「かしこまりました。それでは案内します」

そう言って、ぺこり。小さく頭を下げた。

僕は、わずかに微笑《ほほえ》んでうなずいた。

「マサキ様。……ありがとうございます」

「え、なにが?」

僕、お礼を言われるほどのことしたかな?

「友達だと言っていただけて。……とても嬉《うれ》しくて」

「ああ、なんだ、そんなことか。全然、大したことじゃないけど」

でも、サキカが喜んでくれたのならオーケーだ。

「どういたしまして」

「………」

サキカは、無言。

ただ、瞳をいっそう潤ませて、じっとこちらを見たあと。

「案内します」

無表情のまま。

ただ、なんとなく嬉しげにそう言った。

それから僕は、お城の中を一通り、サキカに案内してもらった。

たまたまなのか、他の人と出くわさなかったのは楽でよかった。

しかしその間、サキカはずっと僕の隣にぴったり。二の腕同士がくっつく寸前だったのだ。

そんなに僕に引っついてどうするの？　……そう聞きたかったけど、なんとなく聞けなかった。

ただ、サキカはずっと楽しそうに見えたので、まあいいかと思った。

【第四話】……伝説のヒゲソリ

サキカの案内は、なお続く。

どこに食堂があるかとか、トイレがどこそこにあるかとか、生活に必要な場所をいろいろと教えてくれる。これは本当に助かった。知らなかったら、じきに困ることになるもんね。

ところでトイレは、当たり前だが男子トイレがなかった。あとでリノになんとかしてもらおう。新しく作ってもらうのは気が引けるから、例《たと》えば僕の部屋に一番近いトイレを、僕専用にしてもらうとかね。

で、ある程度、城内を見て回ったところで僕とサキカは部屋に戻った。

「サキカ、ありがとう。おかげで助かったよ」

「いえ、お役に立ててなによりです」

あごをピクピクと動かすサキカ。

これはやはり、彼女が嬉《うれ》しいときのしぐさなんだろう。やっぱり猫みたいだ。

「生活に不自由を感じたら、なんでも言ってください。私が対処しますので」

「そりゃどうも。嬉しいね」

そう言うと、サキカはやはり、あごをピクピクさせた。

「それではマサキ様。さしあたって、いまなにか欲しいものは？」

「欲しいものねえ」

あ、そうだ。

「あのさ、ヒゲソリってあるかな？　ちょっと、ひげを剃《そ》りたいんだ」

今朝、ひげを剃るのを忘れていたんだよね。

まあ、僕はひげが薄いほうだから、数日剃らなくても大丈夫なんだけど。

今日はオルスベール王国にやってきた初日だからね。

これからこの国で暮らすんだし、ちょっと身だしなみを整えておきたい。

そう思って、申し出たんだが――

「ひげ……」

サキカは、やたら深刻な顔をした。

かと思うと、瞳《ひとみ》をカッ！　と見開いた。

「ひげ……!?」

「え、僕いま、そんなに驚くこと言った？」

「ひげ……それはまさか、男性にのみ強く出てくる体毛の、ひげ……？」

「他になにがあるの」

「伝説で聞いたことがあります。ひげ……それは鼻の下やあごに生《は》えてくるもの。まさか、本当に……そんなところに毛が生える……!?　信じられない。伝説は本当だった……!?」

「そんな勇者を見るような目であごを見つめられても困るけど……生えるよ。ひげは、生える」

「ッ……！」

「ついでに言えば、毛は指先にも生えるよ」

リノが驚いてたけど。

「……!!」

サキカも驚いた。

じっと、僕のあごを見つめる。

「す、すごい。これは学会に発表できます」

ほとんど珍獣《ちんじゅう》扱いである。

「……サキカ。それでその、ヒゲソリの件なんだけど」

「はっ」

サキカは、そういえばそうだった、とばかりに手を叩《たた》いた。

かと思うと、ぷるぷる震えだして、

「申し訳ありません。マサキ様のご要望を忘れて自分のことばかり。……死んでお詫《わ》びを」

「いいから、死ななくていいから！」

しかしこの様子じゃヒゲソリなんて、入手できそうにないな。

でも、カミソリならあるよね。リノが持っていたし。

「サキカ、ヒゲソリの件はもういいよ。あとでリノからカミソリを貰《もら》って代用するから」

「と、とんでもない。マサキ様に、少しでも不自由をさせないのが私の務め」

「そこまで不自由でもないけど」

「ヒゲソリは、命に代えても入手してみせます……！」

きりっ。引き締まった顔つきで告げてくるサキカ。

えらい気合いだ。ヒゲソリを手に入れるだけなのに。

「でもどうやってヒゲソリを手に入れるの？　作るの？」

「魔法があります」

「魔法でヒゲソリを手に入れるの？　どうやって」

「頭でイメージしたものを実体として、この世に作り出す魔法があるのです。その名も実体化魔法『イマージ』」

「おおっ。そんな魔法が！」

僕はちょっとワクワクして言った。

魔法。それはファンタジーの代名詞だ。

さっき炎の魔法を見たときも、実はちょっとテンションが上がっていたんだけど。

「実体化の魔法か。例えば剣をイメージしたら、剣が出てくるっていうやつだよね？」

「その通りです。槍《やり》や弓、さらには薬草や毒消し草も作り出せます」

「なんでもありじゃん。すごいな！　サキカっていろんな魔法使えるんだな。尊敬しちゃうぜ」

「いえ、実体化魔法は、魔法としては中級なので、そこまですごくはないのですが」

と、サキカはそう言いつつも、あごをピクピクさせている。

「とにかくその魔法を使えば、なんでも作れます。自分の身体《からだ》より大きいものはだめですが」

「なるほど。じゃ、例えば家とかお城なんかは無理なわけだ」

「しかし生命と引き換えにすれば、魔法の力は限界を突破し、巨大なものでも作れるでしょう」

「リミット解除ってことか。そんなやり方もあるんだな」

「はい、あるのです」

サキカは、こくりとうなずいて――それからキリッとした顔つきになって言った。

「……今回、そのやり方を用います」

「へ？」

「マサキ様のヒゲソリ。……この私が、命を賭《か》けて作り出します!!」

「え、なんで命賭けの話になってるの!?　僕が求めているのはただのヒゲソリだよ!?」

「私はヒゲソリなるものを知りません。ですが、男性の体毛を切る刃物ならばそれは、恐らく伝説の剣に匹敵《ひってき》するものだと判断。命を燃やし尽くす覚悟をもって実体化しなければ――」

「そんな大層なもんじゃないよ⁉　形がちょっと違うカミソリみたいなもんだよ⁉」

「……む」

「だからたぶん普通の実体化魔法で大丈夫だから。ね、普通でいいから！」

そこまで言うと、サキカは納得したようにうなずいた。

「カミソリと形が違う。それくらいなら、普通の実体化魔法でいけます」

「わかってくれたらいいのさ」

「ところでヒゲソリは、どういう形なのでしょう」

「それは……そうだなあ。T字の形のカミソリというか」

「……？」

サキカは首をひねる。

僕も困った。T字ヒゲソリって、どういうふうに言えば伝わるだろう。意外と難しい。

考えていると、サキカがさっと手を挙げた。

「マサキ様。良い方法があります」

「ん？　どんな？」

「はい。マサキ様のもっているヒゲソリのイメージを、私の脳に流し込むのです」

「そんなことできるの？」

「はい。そうすれば私はそのイメージをもとに、ヒゲソリを作り出すことができるでしょう」

「そりゃすごいな。で、具体的にはどうすればいいの？」

「簡単です。私の胸を揉《も》んでいただきたい」

「なーんだ、胸を揉むだけでいぇぇぇぇぇぇぇぇぇぇぇぇぇぇぇぇぇぇぇ⁉」

思わずノリツッコミをしてしまった。

い、いやいや。……胸を。って、その。……胸を？　ＯＰＰＡＩを？

サキカの胸部に目がいく。服の上からでもわかるが、リノに比べると薄っぺらい。

そりゃそうだ、十四歳だもん。日本でいえば中学二年生だもん。膨《ふく》らみかけ、と許するのがもっとも正しいようなそのおっぱい。そ、それを、触るっていうのは。……マジで？

これ、異世界じゃなかったら事案もの、つーか逮捕《たいほ》ものっすよ？

「ねえ、なんで胸なの？　手とか肩じゃだめなの？」

「魔法は、心で生み出すものです」

サキカは、みずからの胸に白い指先を当てながら言った。

「練磨した精神の輝き。そのエネルギーを現実世界に放出するのが魔法です。そして、そのエネルギーは当然ながら、この場所に。……そう、絶え間なく動いている心臓の部分にあります。だからこそ、マサキ様は私の胸に触れる必要がある。私のエネルギーに、イメージを注ぎ込むには――マサキ・イチジョウ様が、サキカ・シャストールの心に触れる必要があるのです」

……なんかすげえ壮大なことを言われた気がするけど、けっきょく結論は同じである。

私のおっぱいを揉んでください。そう言っているんだよね。

さほど恥ずかしがっている様子もない。

ここでも出た。羞恥心の欠如。

「さあ、マサキ様。どうぞ」

サキカはえへんと胸を張りつつ、クールな声で告げてくる。

こんなときだけビクビクしないんだね、君。

「…………」

触らないといけない雰囲気になってしまった。

僕はドキドキしながら、サキカのおっぱいをそっと触った。

「んっ……」

びくん、と身体を弾ませるサキカ。

いっぽう僕の手にも、彼女のバストの感触が伝わってきていた。

柔らかさより弾力を感じる。小さなゴムマリをつかんでいる感じ、といえばわかりやすいだろうか。十四歳、発育途上だからだろう。むにゅう、とかじゃなくて、ぷっにゅうん、ぷっにゅうん、みたいな擬音が一番似合う。

いや、なんていうか、その。……ヤバいっすね。それしか言えない。マジでヤバい。

そのときである。

「ああああああああああああああああン！」

びくんびくん！　びくんっ！

サキカはやたらとヤラしい声をあげつつ、痙攣《けいれん》した。

かと思うとサキカの全身は、とても強い光に包まれる。

ごうっ！　と、風が床から吹き上げて、サキカのローブが綺麗《きれい》にはだけた。

下着までばっちり見えちゃうほどの突風である。

……白。その上、小さなリボンがついていた。

ファンタジー世界のくせに、どうしてそんな、現代地球と遜色《そんしょく》のない下着をつけていらっしゃるの？　そこだけなんで発達してるの？　なぜ？　ホワイ？

そんな僕の煩悩《ぼんのう》話はともかく。

「はぁ……はぁ……！」

サキカは肩で息をしながら、

「すごい！　すごいエネルギーとイメージです！　これが男のパワーと、ヒゲソリのイメージ……！　あ、ああ、あああぁン……！」

整った顔立ちを歪《ゆが》めながら、卑猥《ひわい》な嬌声《きょうせい》を高らかにあげた。

やがてサキカの肉体は、黄金色の光芒《こうぼう》に包まれる。

「いまなら、いまならできます。実体化魔法――『イマージ』ッ！」

サキカが叫ぶ。すると、光の中から――どどどどどどどどっ！

T字ヒゲソリが、何千個と出てきた。

「こ、こんなにたくさん⁉」

向こう十年は困らないくらいの量だぞ、こりゃ。

「はぁ、はぁ……」

サキカはビクンビクンと痙攣しつつ、その場にぺたんと座り込んで、

「マサキ様のエネルギーが強すぎたのです。だから、大量のヒゲソリが出てきたんです……」

「そ、そうなんだ。……きつそうだけど、大丈夫？」

サキカは、両頰《ほお》を紅潮《こうちょう》させながら、玉のような汗《あせ》を浮かべている。

ローブはいまだはだけていて、下着とタイツが丸見えだった。……エロい。

「だ、大丈夫です。こんなにたくさんの物体を実体化するのは、その。――私、初めてだったので……少しだけ痛くて……」

「え。は、初めてで痛いって、どこが⁉」

「……心臓です。だけど、もう回復しましたので」

「あ、そ、そう。なら、よかった……」

いろんな意味でよかった。いや、心臓が痛いのは一大事だけど。でも、よかった。

「マサキ様」

「ん？」

「私、マサキ様のお役に立てましたか？」

サキカは薄い笑みを浮かべながら、顔を上げた。

って、あれ。……そういえばサキカの笑顔って、見るの初めてかも。

笑うとすげー可愛《かわい》いな、この子。

「もちろん！　めちゃくちゃ役に立ったよ、ありがとう！」

僕は親指を立てて、笑みを作る。

サキカは、そんなGJ《グッジョブ》のサインを知らないらしく、キョトンとしていたが、しかし僕が喜んでいることとだけはわかったのだろう。

「よかったです。マサキ様が喜んでくれて……」

甘酸《あまず》っぱい汗の香りを漂わせながら、にっこりと笑ってくれたのだった。

……うん、やっぱりサキカの笑顔はすっごく可愛い。

思わず、ドキドキしてしまうほどに。

「…………」

っと。それよりも。

とにかくヒゲソリをゲットした。

たくさん落ちているヒゲソリのひとつを手に取る。

見慣れたT字ヒゲソリだ。これでひげを剃ることについてはバッチリだろう。

「……これがヒゲソリですか」

サキカは、ヒゲソリをじっと見つめながら、

「伝説の男のアイテム、ヒゲソリ。これでヒゲを剃られるのですね」

伝説、ね。……僕のイメージを実体化したものだから、このヒゲソリ、ドラッグストアの特売品にそっくりなんだけど、それは言わないでおこう。

ところでこのヒゲソリ、サキカを包んでいた光の中から出てきたんだよね。

サキカの中から。

つまり、このヒゲソリ。見方によってはサキカの一部？

……さっきのサキカの汗ばんだ笑顔と、おっぱいの感触と。

それとついでに『初めてだったので、少しだけ痛くて』なんてセリフを思い出す。

…………いや、ヒゲソリを見ながらムラムラなんかしてないからね⁉

そんな性癖《せいへき》ないから。ほんとに！

【第五話】……………ふたりの臨界点

とりあえず、さしあたって用事はないので、サキカには自室に戻ってもらうことにする。

「なにかあったら、すぐにお申しつけください」

と、サキカはそう言って、ぺこり。頭を下げてから部屋を出ていった。

「ふーっ……」

僕は大きく息を吐いてから、室内を見回す。

ベッドと机、椅子《いす》。それにタンスがあった。

タンスか。着替えとか入っているのかな？

そう思ってタンスを開けると、革製《かわ》の上着とか、絹《きぬ》で作った長袖《そで》のシャツだとか、白いマントだとかあれこれ入っていた。肩章《けんしょう》なんかもある。アニメなんかで、貴族系キャラが肩につけているやつね。僕が着ても似合わないだろうなあ。

全体的にヨーロッパ風の服が入っているタンス内を、隅《すみ》から隅まで見たわけだが、その結果、わかったことは、

「スカートとかフリフリの服がやけに多いな……」

まあ、女性しかいない世界なんだから、こういう服が多数派になるのもわかるけど。

スカートをはくのかと聞かれると、うーん、どうしよう。

少なくとも僕の好みではないな。あとタンスの中には女の子の下着もあったけど、これを身につけるのも、個人的にはちょっと抵抗があるな。

あ、でも大きめのズボンとかあるぞ。これをはくのがよさげかな。

そう思って、ズボンを持ち上げると、その下には紺《こん》色のハーフパンツが置かれていた。いや、正式な名前は他にあるのかもしれないけど、とにかくハーパンみたいだった。これは下着っぽく使えるだろう。下着もいずれはちゃんとしたものが欲しいけど、いまはこれで我慢《がまん》するか。

と、そのときである。コンコン、とドアがノックされた。

「マサキ、入っていい？」

リノの声だ。「いいよ」と僕は返事をした。

するとドアが開き、リノが入室してくる。

「お、ドレス……」

思わず声が出た。

入ってきたリノは、ドレスをその身にまとっていたからだ。

薄いピンク色をした、愛らしい感じの服だった。

正直、抜群《ばつぐん》に似合っていて可愛《かわ》い。まさにお姫様だ。

もっとも本人は、僕の感想とは裏腹《うらはら》に、

「こんな服、あまり着たくないけど、まわりがうるさいからね。お城にいるときはお姫様っぽい服を着ているのよ」

そんなことを言いながら、くるりと一回転する。

長めのスカートが一瞬はだけて、白いふくらはぎが見えた。

「似合ってると思うよ」

それは僕の本音だったが、リノは嬉《うれ》しそうな顔をまったく見せない。

「わたしはドレスなんか似合いたくない。強くなりたいのよ。モンスターからこの国と、国民を守るためにね」

ふむ。姫様としてこの国を守ろうという気概《きがい》か。

そういえば最初に出会ったとき、リノは言っていたな。

――本当は、わたしたちの国は、わたしたちの手で守らないといけないんだけどね。

恐らくリノは、本来、オルスベール王国の人間だけで、国を守っていきたいのだろう。

僕のことが嫌いだとかそういうのではなく、自分たちの国は自分たちで守っていかねばならないという話だ。ごく当然の気持ちだと思う。

それでもリノが、僕をこの国に連れてきたのは、なによりもまず、オルスベール王国を守らねばならないという現実があるからだ。お城や街を囲っている壁を見る限り、この国はモンスターに襲《おそ》われたことがあるようだし。

プライドよりも、まず国民を守ること。

それがリノの考えなんだろう。

偉《えら》い。

正直に思う。

十七歳だっけ。僕より年下なのに、しっかりしてるよ。

「ねえ、マサキ。わたしはオルスベールを守りたい」

リノは、引き締まった顔で言った。

「だからあなたを呼んだんだけど。でもいつかは、あなたに甘えるだけじゃなくて、自分自身の力でこの国を守れるようになりたいの」

決意を秘めた光。その意思を、彼女の瞳《ひとみ》から確かに感じた。

リノは、握り拳《こぶし》を作って言った。

「そのために、男の強さの秘訣《ひけつ》！　神の祝福の証《あかし》！　絶対に見つけてみせるわ。わたしは、モンスターのオス――そうミノタウロスみたいな、筋骨隆々《きんこつりゅうりゅう》の戦士を目指すんだからっ！」

「やめなさい」

即座にツッコんだ。

シリアスな空気が一瞬で崩《くず》れた。

えー、とリノは口をとがらせる。

「ミノタウロスを一撃で倒した僕だって、別にマッチョマンじゃないだろ？　強くなりたいのはいいけど、あんな腹筋バキバキみたいにならなくていいと思うよ」

つーか、腕力さえあればいいってもんじゃないと思うしね。パワーよりもテクニック。技術が大事なんじゃないかな、戦いって。柔《じゅう》能《よ》く剛《ごう》を制すってやつ。たぶんね。

「とにかく、マサキ！」

リノは僕の瞳を見ながら、

「わたしが強くなるために、この国を守るために、協力してね」

「望むところさ。僕はそのために、この国にやってきたんだから」

「ありがとう。あなたの強さに少しでも追いつけるように頑張るわ」

リノはにこにこ顔である。

と、ふいにリノは、僕の持っているハーフパンツに目を留めた。

「それ、どうするの？」

「下着にするつもりだよ」

「――なんですって⁉」

リノの目が、大きく見開いた。劇画みたいなシリアス顔である。

……シリアスになる要素が、いまの会話にあったか？

「そんなスースーするものを、下着？　ふつうはそのハーフパンツ、下着の上にはくものよ？」

「知ってる。でもまあ、下着として使えなくも」

「わかったわ！」

リノは、ぐっ！　と拳を握って叫んだ。

「下半身スースー。それが男の強さの秘訣ね!?　スースーパンツを履けば強くなるのね！」

「…………」

「貸して、それ！」

リノはそう言って僕のハーフパンツを奪うと、いきなりその場でドレスの下にはいていたパンツを脱いで……お、おふっ！　また羞恥心《しゅうちしん》の欠如イベント！

サキカとは違う、肉付きのいいむっちりとした内ももが見えた。

リノはそのままハーパンを直接はこうとする。

太ももの、奥の奥までがさらに見える……！

いやいやいや。やめろ、僕。見てはいけない。男を知らない乙女《おとめ》の無知に付け込むような、そんな真似《まね》はしてはいけない。僕は思わず目を閉じた。

しゅる、ささささ。衣擦《きぬず》れの音が室内に響く。

……やがて、僕はちょっとだけ薄目を開ける。

「……どう⁉」

ドヤ顔のリノがそこにいた。

「これでわたしも、あなたのように強くなれるのね！」

彼女は勝ち誇ったような顔で、スカートをたくしあげている。

ドレススカートの下に、ハーフパンツをはいているその姿。

まっさらに張り詰めているふくらはぎが、とてもまぶしい……。

自慢じゃないが、僕はけっこうなハーパンフェチにして、ふくらはぎフェチだ。スカートの下のハーパンという微妙なエロさに弱い。

柔らかさと弾力を共有した存在、それがふくらはぎなのだ。胸ともお尻《しり》とも太ももとも違う魅力が、ふくらはぎにはあるのだ。そして、太ももを隠しつつ、ふくらはぎだけをクローズアップしてくれるハーパンの魅力。おわかりいただけるだろうか。

「マサキ、どうしたの？　なんか目つきが変よ？」

「いや、なんでもないよ。気にしないで」

ところでそれはそれとして、リノはハーフパンツをはいて数分経《た》ってもなにも変わらないことに気がついたらしい。

「マサキ。これをはいていても、ぜんぜんレベルアップしないわよ？」

「そりゃそうでしょ」

「嘘《うそ》！　強くなれると思ったのに⁉」

「ひとりで勝手に思い込んだんだろ⁉」

「くう……指の毛の次はハーフパンツでレベルアップだと思ったのに……ううううう……！」

リノはがくりと膝《ひざ》を突いた。人生オワタみたいな勢いである。

そんな彼女を見つめつつ、僕は所在《しょざい》なげに後ろ頭をがりがりしながら問いかける。

「ところでリノ。この部屋に来たってことは、僕になにか用があったんじゃないの？」

「あ、そうだったわ」

リノはあっさり立ち直ると、起き上がってぽんと手を叩《たた》いた。

「あのね、マサキ。この国では、学校で剣と魔法を教えているのよ」

「へえ。国語とか数学じゃなくて」

「そういうのもやっているけどね。モンスターと遭遇《そうぐう》したときに自分の身を守るのが最優先だから、護身術《ごしんじゅつ》として教えているの。生徒は六歳から十二歳までの子供だから、飲み込みは早いわ」

「なるほど。で、その学校と僕がどう関係するの？」

「あなたに、先生になってほしいのよ。生徒たちに、剣を教えてほしいの」

「え、冗談でしょ⁉　僕は剣なんか使えないよ。リノが教えたらいいじゃないか」

「いつもはそうしているけど、なにせあなたのほうが強いし」

「技術を教えるのは強いとか弱いとかじゃないと思うけど」

ちゃんと修行を積んできたリノのほうが、型とか技《わざ》とか、剣の使い方を教えられる気がする。

「マサキの言うこともわかるけど」

リノは、ちょっと困ったみたいに笑ってから言った。

「わたし、さっき学校のみんなに、男がこの国に来たって言っちゃったのよ。……それで子供たちも、男に剣を教わりたがっているの。……ね、お願い。ちょっとやってみてよ」


そんなわけで僕は、リノと共にオルスベール国立学校へ赴《おもむ》いた。

途中でサキカとも合流する。リノとサキカはこの学校における剣と魔法の教師らしい。

オルスベール城の隣に作られたその学校は、三百人の生徒を擁《よう》しているそうだけど。

その三百人——下は六歳から、上は十二歳までの女の子たちが、グラウンドに勢ぞろいして、それぞれ地べたに座っている。

体操座りをしている少女たちのふくらはぎは、この上なくまぶしかった。

さて、そんな女の子たちの前にいよいよ僕が登場する。

すると、わずかにざわつく生徒たち。

「あれが男……」

「わたしたちと極端に外見は違わないね」

「ええ、目がふたつだし、鼻がひとつだし、口もひとつよ」

「でも、身体《からだ》つきがちょっと違う気がするけれど」

「どうしよう。おでこに毛が生《は》えているって噂《うわさ》だったのに、ない！」

「それ、誤報だよ。本物の男は胸に毛が生えるんだよ」

などなど。女の子たちはワイワイと、好き勝手に言い合っている。

「あの、みなさん。……静かにしてください。マサキ様に失礼ですよ」

サキカが言うと、女の子たちはピタッとおしゃべりをやめて、口を結んだ。

そして少女たちは、じっと僕に視線を注ぐ。なんか緊張するな……。

どうしたものか。僕は、ちらり。リノに視線を送る。

——とりあえず、自己紹介でもしたら？

そんなことを、口パクで言うリノ。

まあ、妥当《だとう》な案だな。よし……。

「えーと、みなさん……」

「「「声が低い⁉」」」

いっせいに、少女たちがざわついた。

「なに、いまの声の低さ！」

「みんな知らないのね。男は、声が低いのよ」

「あたしも聞いたことがある！　男って、子供のうちはあたしたちと同じで声が高いけど、大人になるにつれて、声がどんどん低くなるの。本に載《の》ってた」

「大人になるだけで声が低くなる!?　ど、どうして……!!」

「そんなことが起こるなんて……」

「すごい。本当に同じ人間なの？」

ざわざわざわ。ざわざわざわ。

「静粛《せいしゅく》に。みなさん、静粛に……」

サキカが裁判官みたいに言う。

少女たちは、再びぴたりとおしゃべりをやめた。

「マサキ様、失礼しました。……続きをどうぞ」

続きもなにも、まだなにも話してなかったんだけどね。

第一声で騒ぎすぎだよ。リノとサキカは、声の低さについてなにも言ってこなかったのに。

ま、それだけこの子たちが子供だってことなんだろうけど。

……さて、気を取り直して。

「みなさん、はじめまして。一条正樹《いちじょうまさき》です」

努めて冷静に、名を名乗る。

「縁《えん》あって、この国に来て……みなさんを教えることになりました。よろしくお願いします」

淀《よど》みなく言えた。まあ、及第点《きゅうだいてん》のあいさつだろう。

と、思っていると——ざわざわざわ。

また、女の子たちが騒ぎ始めた。

「男が、敬語を使っているわ」

「普通にあいさつをしているわ」

「そもそも男って『メシ』『フロ』『ネル』しか話せないって聞いてたけど」

「きっと言葉を勉強してくれたんだよ。あたしたちにわかるようにさ」

「さすが伝説の男ね。ぬかりないわ……！」

女の子たちはいっそう瞳をキラキラさせる。

それを見て、僕は大きくため息をついた。

間違った情報が広まりすぎだろ、この学校。

『メシ』『フロ』『ネル』とか、どこから伝わったんだ……。

「静粛に。あの、静粛に……」

カン、カン！　サキカがモップの柄《え》で床を叩く。いよいよ裁判官っぽくなった。

「私語は禁止です。……話すのであれば、質疑応答という形にしたいと思います」

サキカは、生徒たちを見渡すと、

「だれか……マサキ様に尋《たず》ねたいことはありますか？」

そうなると、女の子たちは互いに視線を交わし合う。

時おり、チラチラと僕のほうを見たりもする。しかし、だれも手を挙げない。

初めて目にした男性に、なにを尋ねたらいいのか。あるいはなにを尋ねるべきなのか。戸惑《とまど》っているようだった。

だが、やがて、

「はいっ！」

と、十歳くらいの女子生徒のひとりが挙手し、立ち上がった。

下半身に目をやると、ハーフパンツをはいていた。将来有望だ。僕は彼女に好感をもった。

「質問です。マサキ様はどんな剣技《けんぎ》が得意ですか？」

「剣技？」

「はい。マサキ様は、剣を教えてくださるんですよね？」

「あ、うん。まあ……たぶん……」

そりゃ、こういう流れになるよな。

けれど実際のところ、剣なんか使えないし。

どうしよう……。

「えっと、この学校ではどんな剣技を教わっているの？」

僕は、ほとんど時間稼《かせ》ぎのつもりで尋ねた。

するとと、その女子生徒は「例《たと》えば、こういうのを」と答えつつ、グラウンドの隅《すみ》にあったワラ人形の前に立った。そして、腰に差していた細身の剣を構えると――

ひゅんっ、と。わら人形に向かって突風のごとく突き進み、一瞬の間に何回も突き刺したのだ。

おお、すごい。子供とは思えない。

「どうでしょうか」

女子生徒は、ちょっと得意そうに言った。

「すごい。大したもんだなあ。僕にはそんなこと、できないよ」

「マサキ様、おからかいになっては困ります」

「いや、本気で言ってるんだけど」

そう言うと、その女子生徒は明らかに戸惑い、それと同時に――ざわざわざわ。グラウンドに座っていた女の子たちも、ちょっとざわつきだした。

先ほどまでとは違う空気。……そう、すなわち、僕が『剣なんかできない』と言ったことへの戸惑いが、彼女たちの間に広まっているのだ。――まあ、そうなるよね。

「マサキ」

「マサキ様……」

リノとサキカが、ちょっと怪訝声《けげん》を出す。

いや、そんな声を出されてもな。実際にできないんだから、仕方ないだろ。

できないってことは、わかっている。

だって、試したもん。


ついさっき、お城から学校に向かう途中のことだ。

リノがちょっと雑用でいなくなったので、僕はこれ幸いとばかりに、剣の練習をしてみようと思ったのだ。

武器庫の場所は、通りがかったメイドさんに尋ねたらすぐに教えてくれた。僕は武器庫に赴いて、適当な剣を手に取って、中庭で振るってみたのである。

結果は、無惨《むざん》なものだった。

そこにあった岩を真っ二つにしようとしたら、なぜかバラバラになってしまったのだ。

そのあとすぐに、ああ、僕は一瞬の間に数百回剣を振ってしまったんだな、と理解したけれど。

ミノタウロスのときと同じ。男の圧倒的な戦闘力。

強いことは、強い。

でもさぁ。……こんなの、剣技とはいえないでしょ。

男の戦闘能力で、岩をズタズタにしただけだ。荒っぽすぎる。
こんな剣の使い方を子供たちに見せたら、笑われるぜ……。

で、現在。
子供たちは、じっと僕のことを見つめている。
――あーもう、仕方がないな！
やるしかない。そう思った。この流れではもう断れない。
いいや、もう。恥《はじ》をかくのは慣れている。そういう人生を歩んできた。
「ごめん、ちょっと貸して」
僕はそう言って、目の前の女の子から剣を借りた。
子供が使うものだけあって、小さな剣だ。
だが、逆にいい。これならさっきほど、荒々しいことにならないだろう。
僕は剣を何気なく持って、わら人形へとゆっくり向かっていく。
「そりゃ」
情けないかけ声と共に――
身体を跳《は》ね上げ、剣を縦横無尽《じゅうおうむじん》に振るい、突きまくった。
コンマ一秒にも満たぬ時間。それが終わったとき、わら人形はズタズタになっていた。

刺され、刻《きざ》まれ。人形の中の、芯棒《しんぼう》まで貫《つらぬ》かれていたのだ。

……んー、さっきよりマシか。

いちおう、技《わざ》っぽくやれたし。

そう思って振り返ると、女の子たちは、ぽかーんとしていた。

子供たちだけじゃない。リノとサキカまで、顔面を硬直させている。

……あれ？

いまの、だめだったかな？

「……ものすごい動き」

剣を借りた、ハーパンの少女がぽつりと言った。

かと思うと、その子はすぐに、きらきらとした瞳で、

「すごい！　すごいです！　マサキ様っ！　レイピアで、ここまでできるなんて……！」

ひたすら、僕の剣技を絶賛してくる。

その少女の賞賛がきっかけだった。

ざわざわざわ！

今日最大のざわめきが、女の子たちの間に広がる。

「目にも留まらぬ速さだった！」

「あんた、見えた？」

「見えるわけないでしょ！」

「さすがだわ……！」

「剣ができないなんて、謙遜《けんそん》していたのね」

「すごい……」

「すごい……！」

女子たちのきらきら目線がまぶしい。

す、すごい……のか……？

僕は戸惑いながらも、とりあえず、リノとサキカが安堵《あんど》の色を浮かべているのを見て——ひとまずホッとした。


「よかったわね、マサキ」

リノとふたりで、学校内の廊下を歩く。

あれからが大変だった。女の子たちがきゃーきゃー言ってきて、サキカでも抑えられないほどだったのだ。

とりあえず、僕が剣を教えるのは次回の授業からということになり、僕はリノと一緒に逃亡。

それから三十分ほど校舎の片隅に隠れていて、いまようやっと出てきたところなのだ。

「でも、あなたが剣を使えるなんて知らなかったわ」

「まぐれだよ、あんなの」

「まぐれって言わないでしょ。あれだけすごい剣技を披露《ひろう》しておいて」

リノは、くすくす笑った。

僕らは、なお廊下を歩く。

お城にいったん戻るつもりなのである。

ま、なんとかなったのはよかったかな……。

――なんて思っていた、そのときだ。

廊下の奥、曲がり角から女の子たちの声が聞こえた。

「マサキ様、本当にすごかったね！」

「うん、リノ様より強いと思う」

「マサキ様がいれば、もうリノ様はいらないよね！」

――実に子供らしい。

しかし、子供らしいだけに、より残酷《ざんこく》なその声音《こわね》。

僕は歩みを止めた。

リノの足も、ぴたりと止まる。

そして非常にタイミングの悪いことに、曲がり角から女の子三人が出てくる。

「あ」

「……！」

「り、リノ様……」

女の子たちは、全員、完全に固まった。

そりゃそうだろう。姫に悪口を聞かれたのだから。

「…………」

リノは、複雑な顔をしていた。

相手が子供なので、怒りくるうわけにもいかない。

しかし、明らかに哀《かな》しみと屈辱《くつじょく》に耐えかねている。そんな顔だ。

…………リノ。

僕は、思わず拳を握った。

それから子供たちに対して、思いっ切り叫んだのだ。

「リノに向かって、なんてことを言うんだ！」

全霊《ぜんれい》を込めた怒号《どごう》であった。

自分でも驚くほどの声音である。女の子たちは三人とも、ビクッと震える。

子供たち相手に、大人げないかもしれない。しかし言わずにはいられなかったのだ。

「リノはね、これまで、オルスベール王国を守るためにずっと頑張ってきたんだ。パトロールをしたり、君たちに剣を教えたり！　……それなのに、僕が出てきたらもう要《い》らないって言うのか？　ちょっと強いやつが出てきただけで？　だったらもし、もっと強い男が出てきたら、僕もポイ捨てするのか？」

叫びながら、バイトをクビになったときのことがフラッシュバックした。

いきなり不要だと言われたリノのことが、他人事《ひとごと》だと思えなかったんだ。

「リノはさ。……リノは、いつもみんなのことを考えているんだ。自分のプライドなんか糞食《くそく》らえで、オルスベールを守るにはどうしたらいいか、ずっと考えているんだ。だから……だからリノは僕をこの国に呼んで……！　リノがいなきゃ、僕もここには来ていないんだぞ！」

止まらず、僕は叫び続ける。

「リノがいるから、この国がある。リノが一生懸命だから、みんなが守られてきた。それはこれからも変わらないんだ。だからリノが要らないなんて、絶対に間違っているんだ‼」

感情的になりすぎている。我ながらそう思った。

だけどわかっていても、どうにも止まらないんだ。

リノの頑張りを知っているだけに、僕は叫ばずにはいられないんだ。

「……リノ様。ごめんなさい」

やがて三人のうちのひとりが、頭を下げた。

「すみません……」

「リノ様。ごめん……」

残りの子供たちも、目に涙を浮かべながら謝罪した。

リノはそんな少女たちを見て、薄い笑みを浮かべながら告げた。

「もういいわよ。行きなさい」

子供たちは、もう一度だけ頭を下げると、早足でその場から去っていった。

──廊下には、僕らだけが残る。

しんとした、嫌な静寂《せいじゃく》が訪れた。

……二、三分。

僕らはその場に佇《たたず》んでいた。

が、ややあって。

「……悔《くや》しいなあ」

リノは、諦観《ていかん》の空気を漂わせた笑みを浮かべて、そう言った。

「この国を継いでから……五年くらいかな。たったひとりの王族なんだから、この国を守らなきゃって、そう思って、必死にやってきたから。……やってきたつもり、だったんだけど」

リノは、唇《くちびる》を震わせていた。

瞳が、わずかに潤《うる》んでいるように見える。

「あの子たちには、わたしの気持ちなんて、全然伝わってなかったんだなあって」

「子供だからね。ああいう思い違いをすることもあるよ」

僕は、静かに言った。

「最後は謝っていたし、いまもきっと反省してるさ。大丈夫。リノの努力は、ちゃんと国のみんなに伝わっているさ」

「……どうして、マサキにわかるのよ？」

「だってさ。まだ出会って間もない僕にさえ、リノの頑張りは伝わっているんだぜ？　ずっと一緒にいるみんなに、わからないわけないだろ」

「…………」

「みんな、リノを必要としているよ。もちろん僕も」

「…………」

リノは、無言。

――数秒が経って。

「ありがとう」

彼女は静かに、礼を言った。

それから少し頬《ほお》を紅潮《こうちょう》させつつ、目を細めながら、

「マサキをこの国に連れてきてよかった。わたしの目に狂いはなかったわ」

「ん？　……どういうこと？」

「最初に出会ったとき。マサキはミノタウロスから、わたしを守ろうとしてくれた。まだあの

ときは、男が強いってこと、知らなかったはずなのに。それでも戦おうとしてくれた」

「………………」

「マサキをこの国に呼んだのは——確かに、マサキが男であり、強いってこともあるんだけど。でもそれ以上に、あなたが優しくて素晴らしい人だったから。わたしを守ってくれたあなただからこそ——マサキだからこそ、仲間になりたい、一緒にいたいって。強いだけじゃなくて、もっと大きなところで、わたしたちの助けになってくれるって、そう信じたから」

「……そうだったんだ」

「いま、わたしの助けになってくれたね」

リノは、なんとなく照《て》れ臭いのだろう。サラサラの金髪を指先に絡《から》ませながら、しかし慈母《じぼ》の如《ごと》き優しい笑みを口元に浮かべて、ゆっくりと言葉を紡《つむ》いでいく。

至近《しきん》距離で、視線が交わる。

彼女は一直線に、僕のことを見据《みす》えながらおごそかに告げた。

「ありがとう、マサキ」

「……ど」

一度、思い切り噛《か》んで。

「どういたしまして」

それだけ、返した。

それ以上、言えなかった。

心が、いっぱいいっぱいだった。

さっき、僕は子供たちに言った。もっと強い男が出てきたら僕もポイ捨てするのか、と。

そんなことはされない。僕は捨てられない。その確信が持てた。リノが、男だからではなく、僕だから必要としてくれたのがわかったから。

その事実が、涙が出るほど嬉しかった。

しかし、僕もリノも、似たようなことを考えるもんだ。

男も女も、地球も異世界も関係ない。

みんな、だれかに『あなただからこそ、必要としている』って。

——そう、言われたいんだよな。

「…………」

「…………」

息が詰まるような、無言。

変な空気だ。こういうとき、もっと気の利《き》いたセリフが言いたい。

女の子が喜ぶような言葉を、口にしたいんだ。

それなのに、なにも思いつかない。

まったく。……これだから童貞《どうてい》ってやつは……。

「マサキ。ありがとう」

やがてリノが、小さな声でそう言ってくれたのが、本当にありがたかった。

もっと、男になりたい。

そう思った。


翌日。

「マサキ、学校の時間よ。迎えに来たわ」

そう言って、リノが僕の部屋に入ってきた。

このとき僕は、オルスベール王国から支給された、ちょっとファンタジックな服を着ていた。

微妙に学ランっぽい、黒い服である。

昨日まで着ていたTシャツは、洗濯して、部屋干ししている状態だった。

リノは、そのTシャツを見た瞬間、

「これ、マサキが着ていた服よね？」

「そうだけど」

「わかったわ！　これを着たら強くなるのね⁉」

「え⁉　ちょ、おい――」

僕が止める間もなく、リノはTシャツを奪い取って、いったん部屋の外に出た。

だが、すぐに部屋の中へ戻ってきた。

生乾《なまがわ》きのTシャツを着た状態で、

「強くならないじゃないの!?」

「そりゃそうだって。服を着替えたくらいで強くなったらだれも苦労しないでしょ」

「悔しいわ。今日こそ男の強さの源《みなもと》がわかったと思ったのに」

「変わらないなあ。昨日、強ければ偉《えら》いわけじゃない。男だから必要としたわけじゃないって、そう言い合ったばかりなのに」

「それはそれ、これはこれよ。わたしはこの国を守るために強くならなきゃいけないし、男の強さの秘訣を知りたいのも確かだもの」

「それはそうだけど。……それと、秘訣なんかないからね。本当に」

僕は苦笑を浮かべつつ言った。

ま、リノがいつもの調子を取り戻してくれたのは万々歳《ばんばんざい》かな。

「とにかくそのシャツ脱ぎなよ。僕のシャツだからいまいちサイズが合わないでしょ」

そう、僕のシャツなのでリノにとってはぶかぶかなのだ。

おかげで、真っ白な胸の谷間がけっこう見える。

……むう、エロい。

リノは、はっとした顔をした。

恥《は》ずかしくなったのか、顔を赤くして、
「わかってるわよ！」
そう言って外にまた出た。たぶん着替えてくるんだろう。
……あれ？　そういえばリノ、今日は僕の前で着替えないな。
さっきもなんか恥ずかしがってたし。羞恥心なんてない子だと思ってたのに。
……なにかあったんだろうか？
僕は何度か、まばたきをした。

「幕間」

わたしは、マサキのシャツを脱いだ。
脱ぎながら、思う。……不思議だ。
わたし、なんでこんなに胸がドキドキしているんだろう?
昨日から、ずっとそうだ。
子供たちから、要《い》らないって言われて。
ショックだったけど、でも、マサキがフォローしてくれて。
すごく、嬉《うれ》しかった。
その場で、泣いちゃいそうなくらいに。
それで——そのあたりからだ。わたしの心臓が高鳴り始めたのは。
マサキと一緒にいるだけで、一気に落ち着かない気持ちになる。
とにかくずっと、ドキドキしてしまう。
剣を何百回素振りしても、こんなに胸のドキドキが続くことはないだろう。

いまだってそう。マサキの前で服を脱ぐのが、ものすごく、恥《は》ずかしいことのように思えた。

マサキのシャツを手につかんだ瞬間、心臓が爆発しそうなくらい、激しく脈打ち始めた。

そしてシャツを着て、そのにおいを嗅《か》いだ瞬間。――全身が、ヤケドしたみたいに熱くなった。

こんなの初めて。

わたし、病気になったのかな。

でも、不思議。悪い気持ちじゃない。

むしろ、その逆。嬉しい気持ち。

マサキが近くにいると思うだけで、嬉しくて、嬉しくて。

逆に、マサキがいなくなるって想像したら……考えただけでも耐えられない。

……マサキと一緒にいたいな。

ずっとずっと、一緒にいたいな。

わたしはマサキを守りたいし、マサキにわたしのことを守ってほしい。これからずっと……。

……本当に不思議。こんなに一緒にいたいのに、マサキが本当に近くにいたら、わたしの身体《からだ》はまた熱くなってしまうだろう。心臓がバクバク言い始めるんだろう。

わからない。

もう、本当に、わからないわよ！

わたし、どうしちゃったのよ……！

「マサキ……」

じんわりとした、狂おしいほどの熱っぽさを全身に感じながら、わたしは彼の名前を呼んだ。

それだけで、やっぱり、心臓がどくんと高鳴った。

「第六話」……オルスベール湯けむり混浴事件

A different world that kills virginity

「ふっひ〜〜〜〜〜〜〜〜〜〜〜」

と、変な声が思わず出る。

それくらい、気持ちよかった。

朝日が昇った直後の時間。僕は大浴場で朝風呂に入っていた。

浴槽《よくそう》は、めちゃくちゃでかい。プールみたいな広さである。

この世界はヨーロッパ風だが、風呂は日本のスーパー銭湯《せんとう》のようだった。

一度に何十人も入れそうな大浴槽、身体《からだ》を洗う場所には鏡が取り付けられている。

不便さはまるで感じない。採光窓から光が射《さ》し込んでいて、明るさも申し分なし。ついでに言うとお湯の質も素晴らしい。リノに聞いたところ、お城の地下から温泉が湧《わ》き出ているとのことなので当然なんだけど。

ちょっと強めな硫黄《いおう》のにおいも、慣れてきたら心地よい。

異世界に、よくぞこれほどのお風呂があったと思う。

ま、地球でも、ローマ帝国はお風呂文化が盛んだったらしいしね。風呂とか銭湯は日本の専売特許じゃない。これは有名な風呂漫画で学んだ知識だけど。

「つーかさ〜〜〜、だれもいない風呂って最高〜〜〜〜〜〜」

そう、いま浴室にいるのは僕だけなのだ。

朝一番だから当然なんだけど。

それじゃどうして、僕は朝から入浴しているのか？

決まってるじゃん。ここは女しかいない世界だよ？

だから普段はここ、百パーセント女湯なんだよ！

だから夕方とか夜に入浴に来ると、風呂場は女性でいっぱいなのだ。

――マサキ様、一緒に入りましょう！

なんて、女性陣は言ってくるけど……。

女だらけの浴場に、ひとりで突入する勇気は、僕にはない。

いやだって、怖くない？　女子だけのグループにひとりだけ男子、とかそういうのでさえけっこう気まずいのに。女風呂に特攻とか無理でしょ。

しかも高い確率で、股間《こかん》にこんぼうを強制装備する羽目《はめ》になるしな！

そうなったら、彼女らにどんな扱いを受けることか。興味をもたれるか。おもちゃにされるか。悪の大魔王扱いをされるか。想像もつかない。

まあとにかくそういうわけで、僕は女性たちが入ってくる時間帯を避け、人がまずやってこない朝早くに入浴しているのだ。

それにしても、あー……。

広い風呂って、本当に最高……。

と、そのときであった。

ガラッ！

引き戸が開かれ、浴室に、リノとサキカが入ってきた。

もちろん、全裸《ぜんら》の。

「…………」

「…………」

僕とリノ。

ふたりの目がピタリと合って――

「おうわっ⁉」

ふたり揃《そろ》って、すっとんきょうな声を出す。

てか僕はともかく、お姫様のリノがその叫び声はどうよって感じ！

「マサキ様。おはようございます」

サキカはちょっとおずおずとしながらも、ぺこりと頭を下げる。

だが、僕はそれどころじゃない。

「ふ、ふたりとも、なんでこんな時間に風呂に来たのさ⁉」

「昨晩、やり残した仕事がありましたので。朝早くからその処理にかかっておりました」

「し、仕事……」

「はい。それがようやく終わったので、疲れをとるために浴場までやってきたのです。最近、なぜかこの温泉は昔よりも効《き》き目があると評判ですし」

「そ、それは………。……お疲れ様」

僕は顔を引きつらせながら、ひどく月並みなことを言った。

それにしても、なんというラッキースケベ。

いや、この世界に来てからけっこうラッキースケベに遭遇《そうぐう》している気がするけど。

でも今回は特にそうだと思う。

まさか、リノたちと浴場でばったり遭遇なんて。

ふたりのヌードがいやでも目に入る。

サキカはというと、光沢のある黒髪が、湯気で湿《しめ》って、べったりと肌《はだ》に貼《は》りついている。その素肌は抜けるような白さである。首筋から下半身まで、ほっそりとしたスレンダーな裸体《らたい》は、まず年齢《ねんれい》相応といっていいが、とりわけ、さながら蕾《つぼみ》のように膨《ふく》らみかけているバストは、可《か》憐《れん》で美麗で、いやがおうでも目を引く存在であった。

いっぽうリノは、明らかに発育しきったわがままボディ。以前にも見たことがあるが、浴場で目撃すると、それはいっそう扇情的《せんじょう》だ。立体的に突き出している豊満な乳房《ちぶさ》。それを支えるために育った、肉付きのよい白い肢体《したい》。腰回りからヒップにかけての張りつめた曲線美もまったく見事。思わずチ●コが二度見しちゃうぜ。

……ああ。あられもない、とはまさにこのことか。

と、恥《はじ》も外聞もなく彼女たちの裸体を眺《なが》めていると——

リノは、さっと僕から目を背《そむ》けて言った。

「くっ……殺せ！」

「って、なんでいきなりエロゲ的女騎士⁉」

思わずツッコんだ。

この場合、僕がオークなの？　ねえ⁉

僕、オークなの？　僕がオーク⁉

「殺せ！　殺して！　裸《はだか》をマサキに見られた！　わたし、もう恥《は》ずかしくて死にそう！　もうむしろ自分で死ぬ！」

リノは顔どころか体中まで真っ赤っかである。

「リノ様、命を大切にしてください。自殺はいけません」

しれっとした声で、サキカ。君もどの口でそんなセリフを言うの。よりにもよって君が。

まあそれはともかく。これはヤバい状況だ。このまま、ここにいるわけにはいかない。

「ぼ、僕、そろそろ出るよ……」

そう言って、立ち上がりかけて――

……すぐに僕は、ザブン。

再び、湯船の中につかった。

「……どうかされましたか」

サキカは無表情のまま、しかし怪訝《けげん》そうな声音《こわね》で尋《たず》ねてくる。

「いや、ちょっと」

「入浴を続行されるのですか」

「うん、まあ」

「出ていこうとされていたのでは」

「そうだけど、ちょっと」

「先ほど言っていた、えろげ、という意味不明な単語となにか関係が」

「ない。ない。いやちょっと関係あるけど。とりあえずエロゲのことは忘れて」

うっかり口走った言葉をよく覚えてるね、君。

とにかくサキカは小首をかしげているのだが、僕は浴槽の中に身を沈めたままだった。

なぜかって？　……察しろよ！

下半身がタダゴトならぬ状態なんだよ！　こんぼうを装備しちゃったんだよ！

しかもこのこんぼう、呪《のろ》われているのだ。装備から外すことができないのだ。

これでお湯から出ようものなら、サキカあたりから「マサキ様、そのお腰につけたこんぼうは……？」とか言われかねない。

なお、こんぼうじゃなくてひのきのぼうだろってツッコミは受けつけない。

「マサキ様。我々は湯船に入ってよろしいのでしょうか」

サキカがおずおずと尋ねてきた。

あまりよろしくないけど、ダメとは言えない。

「ど、どうぞ」

上《うわ》ずった声で答える。

「リノ様、入りましょう」

「……そうね。……入るために、ここまで来たんだものね。……でも、恥ずかしい……」

消え入りそうな声でつぶやく、リノ。

混浴はやっぱり恥ずかしいよね。そりゃそうだ——

って、あれ？

僕は不思議に思った。いまのリノは、明らかに恥ずかしがっている。

というか、浴場で初めて出くわしたときから照《て》れていた。

ちょっと前には、僕の前で堂々と脱いでいた彼女が。

いや、そもそもリノは先日も、僕の前で着替えようとしなかった。

最近、態度がなんか変なんだよね。どうしたんだろう？

サキカも、ちょっと妙だと思ったらしい。

ぱちくり。一度大きくまばたきをして、

「リノ様。どこかお具合でも悪いのですか？」

「ん？　いや、別に――でもまあちょっとだけ。近ごろ、胸が苦しいのよ。仕事が増えたからかな」

「お身体が悪いのであれば、それこそ温泉に入るべきです。万病《まんびょう》に効くお湯ですので」

「……そうね。つかったら、治るかもしれないわね……」

とにもかくにもリノたちは、入浴することにしたようだ。

白い裸体が、静かに湯の中に入ってくる。

お、おお。スレンダー美少女とむっちり美少女が揃って、僕と同じお湯の中に――

と、そのときである。

「あ、あああああああああッ！」

「こ、これは………ああンッ⁉」

湯船の中に入ってきたリノとサキカが、突然叫んだ。

「ど、どうした？　ふたりとも」

「これは……か、身体が……熱い！　熱いわ！」

「そりゃそうだろ、風呂なんだから」

「そうじゃなくて！　……すごい！　身体中の疲労が……」

「取れていきます。ものすごいパワーです……！」

「え」

僕は、ぽかんと口を開けた。

「はぁ、はぁ……あああン！　肩こりが取れる、血が流れるぅ……あああン……!!」

「消耗《しょうもう》した魔力がすごい勢いで溜《た》まっていきます。おそらく男性と一緒に入浴しているからでしょう……！　すごい……！　あ、あああああッ……！」

「…………ええー……」

「す、すごい。すごいわ、男パワー！」

「最近、温泉がパワーアップしたという話も、これで合点《がてん》がいきました。マサキ様がこのお風呂を利用するようになったからでしょう」

「そうか！　マサキの身体から流れ出た汁《しる》が、温泉の効能をいっそう高めてるのね！」

汁っていうな、汁って。

つーか一緒に入るだけで疲れが取れるって。僕は入浴剤か。

「ほんと、素晴らしいわ。わたし、もっと男を知りたい」

「またきわどいセリフをおっしゃる」

「だって、本当に知りたいんだもの！　知れば知るほど奥深い。次から次へと超人的。常《つね》に伝説の上をいく生命体。それは男……」

「宇宙人みたいな扱いになってきたなあ」

「ウチュウジン？　なにそれ」

「あ、いや……なんでもない。たぶん説明してもわからないし」

「もしかして、それも男と関係あるの!?」

ざばっ！

リノは勢いに任せて、お湯の中から立ち上がった。……おおぅ！

揺れる真っ白な双丘《そうきゅう》が、僕の目の前十数センチ。――ちょっと顔を近づけるだけで舐《な》めまわすことが可能なくらいのその位置にほんのりとした硫黄の香りまで漂って、

「おふっ！」

思わず仰《の》け反る、僕。

見るのは三度目でも、至近《しきん》距離で目《ま》の当たりにしたショックは大きかった。

いっぽうリノも、

「きゃぅ!?」

と、妙な声をあげると、顔を真っ赤にしてまたお湯の中にザンブとつかった。

「リノ様。やはりお具合が悪いのでは」

「だ、大丈夫。なんでもないから。ほんとに」

「しかし、顔があまりにも真っ赤で。これほど赤いのは初めて見ました」

「温泉につかってるからよ！　温泉の効き目よ、温泉の！　きっとそうよ……そうに決まってるんだから……ぶくぶくぶく……」

後半は、リノが口をお湯の中につけたため、もはや言葉になっていなかった。

確かにいつものリノじゃないけど、病気ってわけでもないような。僕と一緒にお風呂に入ったら、疲労も取れたって言ってたし。

ううむ……どうしたんだろう。深く突っ込むべきだろうか。

と、考え込んでいたそのときであった。

「リノ様っ！」

ガララッ！　と、浴場の戸が開き、メイド服姿の女性が飛び込んできた。……おお⁉

僕は思わず、お湯の中にいっそう身体を沈ませる。見られたら恥ずかしいから。

しかしその女性は、それどころではなかったらしい。必死の形相《ぎょうそう》である。

「どうしたの？　なにかあったの？」

リノが冷静に尋ねた。

さすが姫様だ。事件が起こったことを察したのか、テンションが普通に戻っている。

メイドさんは、緊張した声音で叫んだ。

「うちの兵士団がモンスターにやられて、大怪我《けが》を！」

オルスベール城の大広間に、怪我をした女兵士たちが運び込まれてきた。

その数は、なんと百人近くもいる。

「くっ……ううっ……ぐううっ……」

「痛い……痛い……！」

「助けて……だれか、助けてぇ……」

「みんな、しっかりして！」

リノ（もちろんすでに着衣済み）が叫ぶが、兵士たちはうめき続けるだけだ。

「どうして、こんなことになったんだ？」

「我が国の商人たちが、隣国に行商に出向いていたのです。その帰りに襲《おそ》われたようで」

だれにともなく発した僕の問いに、サキカ（こちらも服を着ている。ついでに言うと僕も服を着ている）が答えてくれた。

「その護衛《ごえい》につけたのが、この兵士たちだったのですが……」

「モンスターにやられたってわけか」

とにかく、なんとかしないといけない。

既《すで》に城中からメイドさんが集まって、怪我人に薬を塗ったり包帯を巻いたりしている。

さらにサキカを中心として、魔法使いたちが回復魔法も使っている。

しかし、とにかく怪我人の数が多い。

「いまのところ死人はいないけど、このままじゃ危ういわ」

リノが、緊迫した面持《おもも》ちで告げた。

そこで僕は、ふと気がついた。

「そうだ。僕が飲んだ水を、みんなに与えていくのはどうかな。前にリノも、あれで怪我が治っただろ？」

なんだか恥ずかしい提案だけど、いまは人の命がかかっているんだ。

僕の力でみんなの怪我が治るなら、お安い御用だ。

「だけど、マサキ。怪我人は百人近くいるのよ。あなたに負担をかけすぎるんじゃない？　それに時間だってかかるし――」

「僕の負担なんか大したことじゃないよ。とにかく、ひとりでも多く助けなきゃ――」

と、僕がそう言ったときだ。

「……あの」

おずおずと、サキカが手を挙げた。

「名案を思いつきました」

微妙に嫌な予感がした。


「「「「はあああああああああああん！」」」」

嬌声《きょうせい》があがる。

女性たちはみんな、完治《かんち》してしまった。

なぜ、こうなったのか。

答え。……ここは大浴場です。

そう。僕がつかったお湯は、圧倒的な回復能力をもつ。

だから僕がまずお湯につかり、それから怪我をした女性たちが入浴したのだ。

これで女性陣はみんな完全回復。混浴パワーで、めでたし、めでたし。

……なんだろうか？

「マサキ様、わたくしも回復しました！」

「ありがとうございます！」

「マサキ様、すごいわ！」

「マサキ様がつかるだけで、お湯がこんな力をもつなんて……」

女性陣が笑顔で、僕に感謝の言葉を向けてくる。

感謝だけならいいんだけど。

タオルを巻いたりとかしてないからさ、この人たちさ。

羞恥心《しゅうちしん》がないからさ、この人たちさあ！

次から次へとおっぱい、お尻《しり》、太もも、ふくらはぎ、おっぱい、おへそ、背中、うなじ、ふくらはぎ、くるぶし、二の腕、ひざこぞう、おっぱい、股《また》ぐら、ふくらはぎ。あれやら、これやら。狂い咲き女体《にょたい》ロード。ああ、全身の血液が、脳みそから下半身までぐるぐると移動しているのがわかった。こんぼうは、いよいよはがねのつるぎになろうとしているぞ。

……これは人助けだ。人の命を助けているんだ！

そう思わないと、いろんな意味で心が持たない。

「これで万事《ばんじ》が解決です」

いつの間にか隣に来ていたサキカが言った。

もちろん全裸である。お湯の中にある裸身《らしん》がきわどい。

「死人も怪我人も出ませんでした。マサキ様のおかげです」

「ど、どうも……」

「リノ様も喜んでいますよ」

「……リノ？」

あれ、リノ、どこにいるんだ？

と思って見回してみると、なぜかリノはドレスを着たまま。湯船にも入らず立っている。

……なんか、微妙に不機嫌そうだ。

女性に囲まれている僕を、じーっと見ている。

「ど、どうしたの、リノ」

「……別に」

その口調には明らかにトゲがあった。

はあ、とため息までついている。「ま、みんなが回復したのはいいんだけどね」と小さくつぶやきはしたが、せわしなく人差し指で壁をトントン叩《たた》いているさまは、どう見ても機嫌が悪かった。

なんでリノは、こんなにイライラしているんだろう？

そもそも最近のリノはおかしい。変に照れちゃったりもしていたし。情緒不安定だ。

……そうだ。例の体調不良と関係があるのかも。胸が苦しい、胸が苦しいって言ってたもんな。病気には見えないけど、詳《くわ》しく調べたら本当に病気なのかもしれない。きっとそうだ。

「ねえ、リノ」

僕は湯船の中から声をかけた。

「な、なに？」

「……リノ、ごめん」

「え、な、なにが？　なんで謝ってるの？」

「リノのこと、気にかけてやらなかったから。この人たちのことばっかりでさ」

「マサキ……」

リノは、瞳《ひとみ》をぱっと明るくさせた。

「い、いいのよ。それはもう、当然じゃない。怪我人最優先。当たり前。わたしのことなんか、もう、忘れちゃっていいのよ。あはは、やだな、マサキってば――」

「いや、そうはいかない」

僕は真面目《まじめ》に言った。

「胸の苦しみ。まだ治ってないんだろ？　医者か魔法か。オルスベール王国の医療事情はわからないけど、とにかく早く処置したほうがいいよ。こっちは僕が引き受けた。このままずっと混浴しておくからさ。リノは早く胸の病気を――」

「っ！　～～～～～～～～～………っ……！」

リノは、みるみる顔をしかめさせた。

「……はいはい！　治すわよ。治せばいいんでしょ。マサキと一緒にいたらほんと具合が悪くなるからね！　ここからいなくなるわよ！　あなたはずっとここで女の子たちとお風呂に入ってたらいいじゃない！　……もうやだぁ……どうしてわたし、最近こうなんだろう……」

リノはいっぺんにまくしたてると、ぷいっと浴場を出ていってしまった。

……怒った？

なんで？

リノらしからぬ態度（だと僕は思った）に、思わず目を白黒させる。

なんか、アニメとかで見かけるツンデレタイプのヒロインみたいだったな。

主人公のことが好きで好きで仕方ないのに、素直になれずにツンツンしちゃう女の子。

さっきのリノはちょっとだけ、そんな風に見えたりして――

………え？

その瞬間、僕は恐ろしいことに気がついた。

待て。……待ってくれ。え、まさか。

……まさか、まさか、まさか。

「マサキ様？　どうかされましたか？」

サキカや、他の女性陣が、押し黙ってしまった僕のことを見つめてくる。

だが僕は――「なんでもない」と小さく答えつつも、頭の中はリノのことでいっぱいだった。

………リノが。あのめちゃくちゃ可愛《かわい》いリノ・オルスベールが。

………僕のことを、好き…………？

「第七話」……アイアムウィザード

A different world that kills virginity

お風呂事件の翌日である。
ぼんやりと、城の中を歩く。
リノのことを考えていた。
あれから彼女とは会ってないけれど……。
リノが僕のことが好きだなんて、現実的にありえるんだろうか？
冷静になれよ、正樹《まさき》。僕なんかが、女の子に愛されるはずないだろ？
彼女イナイ歴二十一年。これまで一度も女性とうまくいったことのないこの僕が——
と、思案しながら歩いていたときだ。
ふと、尾行されている気配がした。
……だれだ？　まさかストーカー？　僕なんかに？
いや、でもこれまでのことを考えれば、ありえないわけでもない。と思う。
さんざん、伝説の男、伝説の男って言われてるもんなあ。

とにかく、つきまとわれているのは不気味だ。
……よし。
僕は気持ち足早になって、その後、何気なく廊下の角を曲がった。
そしてそのまま待機して、数秒経過。
すると、ややかけ足気味に、だれかが曲がってきた。
こいつが僕のストーカーだな⁉
「えいっ！」
「きゃっ⁉」
僕は思い切り、ストーカーの身体《からだ》をつかんだ。
ぷっにゅぅん♥
やたらにやわっこい肉体。まぎれもなく、女の人。
いや、この城の住人なんだから女なのは当たり前なんだけど。
ただ、僕はびっくりした。
なぜなら、僕を尾《つ》けていたのは、
「サキカ……！」
そう、ストーカーの正体はサキカだったのである。
黒髪を翻《ひるがえ》し、目を白黒させている。「あう……」なんて、うめいてもいる。

「サキカ、どうして君が……」

「あ、あの。……痛いので、身体から手を放していただけると幸い……」

「え？　……あっ、ごめん！」

僕は慌《あわ》ててサキカから手を放した。

や、やばい。いまたぶん、胸を思い切りわしづかみにしていたぞ。

既《すで》に二度目のおっぱいタッチ。手が完全に、感触を覚えてしまった。

……ぷっにゅうん、か。

いやまあ、それはそれとして、

「あ、あのさ、サキカ。僕のこと、ひょっとして尾行していた？」

何気ない口調で尋《たず》ねてみる。

するとサキカは、さっと顔を蒼白《そうはく》にすると、目を伏せて――

「申し訳ありません。自害してお詫《わ》び申し上げま」

「死ななくていいから!!」

全力でツッコんだ。

サキカは小さなナイフを手首に当てていた。自殺のバリエーション増えてるし。

僕はそのナイフを没収すると、落ち着いた声音《こわね》で告げる。

「やっぱり尾けていたのは事実なんだね。責めないから、理由を聞かせてよ」

「先日、マサキ様が兵士団を一気に治癒《ちゆ》させたことで改めてマサキ様の実力を知りました。これはすごいと思い――マサキ様を研究しようと思ったのです」

「……研究？」

「はい。畏《おそ》れ多いことですが」

そう言ってサキカは、ローブの中から紙の束を取り出した。

見ると紙には、この世界の文字でなにか書かれている。

男パワーのおかげだろうか。僕はその字を、あっさりと読むことができた。

『マサキ論』

「論!?」

「はい。私がいま手がけている論文です。この世界でたったひとりの男性であるマサキ様の生態を研究し、論として発表することは、きっと人類の平和と発展に貢献《こうけん》することと思いまして」

「まさか自分が論文にされるなんて！」

「この論文は、きっと後世に残るものになると思います。確信しています」

サキカにしては珍《めずら》しく、自信に満ちたセリフだった。

それだけ、この論文に可能性を見出《みいだ》しているんだろう。

そこまで打ち込んでいるものを、やめろ、とは言いにくいが……。

「と、とにかく、その論文を書くために、僕のあとを尾けたわけね」

「はい」

「で、尾行して、なにかわかった？」

「まだ、多くはわかっていないのですが……」

サキカは困り顔を浮かべつつ、

「わかったことといえば、マサキ様が毎朝五時に必ず起床し、ラジオタイソウなる体操をしたあと、大浴場におもむいて朝風呂に入りきっちり三十分入浴してから食堂におもむき朝ごはん。まず第一にフルーツから食べ、第二にミルクを飲み、第三にパンにかじりつく。パンに塗るのはまずバターであり、バターがないときはマーマレードジャム。食事を終えたあとはリノ様の部屋に行って雑談を交わし、なにか仕事はないかと尋ねた上で自室に戻り、午前中、仕事がない場合は部屋でごろごろして、仕事がある場合はそれを行い、午後は学校に行って生徒たちに剣技《けんぎ》を教え、午後四時にはいったん自室に戻って必ず間食のビスケットを食べ」

「わかりすぎでしょどこまでストーカーしてんの怖いよ⁉」

ツッコんだ。

「まだ調査内容の半分も話しておりませんが」

「これで半分⁉　サキカ、恐ろしい子……！」

僕は心からそう言った。

「間食のビスケットとか部屋で食べたのに、どうやってわかったのさ。まさか部屋に忍び込んだりしていたわけ？」

「そんな畏れ多いことはできません」

「ストーキングは畏れ多くないの？」

やんわりとツッコミを入れたが、サキカは無視して、

「『クンカクンカ』という鼻がよくなる魔法があります。その魔法を使えば、マサキ様がなにを食べたのか、九割以上の確率で的中させられます」

犬みたいなことを……。

魔法名まで、まるでダジャレだ。

「あのさ、研究したいならインタビューでもなんでも答えるから、こっそりあとを尾けてくるのはやめてよ。論文を書くのは止めないし、応援もするからさ」

気持ち強めに言った。やっぱり、ストーカーされるのは嫌だし。

「かしこまりました。……では今後は、マサキ様の尾行は致しません」

サキカは小さくうなずいた。

ちょっと、しょんぼりしているように見える。

言い過ぎたかな？　いや、でもなあ……。

「そういえば」

サキカはぱっと顔を上げた。

……もう立ち直ったのか。心配して損《そん》した。

「マサキ様、観察していて気がついたのですが」

「なんに？」

「女性にはなくて、男性にはあるものを発見しました」

「え」

「リノ様は事ある毎《ごと》に、男性の強さの秘訣《ひけつ》を探しておられますが、もしかしたらそれかもしれません」

「女性になくて、男性にはある？」

嫌な予感がした。

「すごくもっこりしていて、たまにぴくぴく動く」

「もっこり⁉」

思わず固まった。

「こっそり触ってみたら、とても硬《かた》かったのですが」

「触ったの⁉　いつ⁉」

「とても、温かでした」

「質問に答えてよ！」

「マサキ様が、食堂でうたた寝をしているときに」

「怖っ。いつの間に！」

「それにしても不思議な物体」

「物体っていうのかな、あれ」

「触り続けていたら、とってもレベルアップしそうで」

「れ、レベルアップ。いや、するかもしれないけど、しれないけどさあ……！」

僕は必死になった。

まさか、そんな……僕のアレが触られていたなんて。

僕の貞操《ていそう》はもしや、サキカに奪われ――

ああああああ！　恥《は》ずかしい……！

男にだって羞恥心《しゅうちしん》はあるんだぞ！

どうしてくれるんだ、サキカ――

「その、のどのコリコリはなんでしょう」

サキカは静かに言った。

……のど？

コリコリ？

…………。

……………。

「……あ、そういうこと⁉」

「こ、これはのどぼとけだよ。は、はは、ははは」

乾いた笑いを浮かべる。か、勘違《かんちが》いをしていたらしい。

やだなあ、サキカも。のどぼとけならのどぼとけって、言ってくれたらいいのに。

「これは強さとは関係ないよ。声が低くなるってだけのものだからさ」

「……声。そういえばマサキ様の声は低い」

「それ、学校の女の子たちも驚いてたな。ま、男だからね」

「声が低いのはいいことです」

「え、そうなの？　なんで？」

「声が低いほうが、魔法を使うのに有利なのです。魔法を使うには呪文《じゅもん》を詠唱《えいしょう》する必要がありますが、その呪文を唱《とな》えるときの声が、低ければ低いほど魔力が高まるのです」

「声が低いだけで、ねえ」

「もちろんそれだけではありませんが、低いほうが有利なのは間違いありません。呪文は低い声で唱えるのがコツなのです。……例《たと》えばこのように」

と、サキカはかなり低い声音を出した。

おお、いつもの声とはぜんぜん違うアルトボイス。声優さえ務まりそうな声の変え方だ。

「でもなんだか、いまいち納得できないな。声なんて生まれつきのものでしょ。それで魔力の高い低いが決まっちゃうのは、なんだか気の毒というか不公平というか」

「生まれつきで能力がある程度決まるのは、魔法に限らないと思いますが……」

サキカはおずおずと言った。

「例えばリノ様は、生まれつき魔法の才能はあまりありません。しかし生来、運動神経が良く、なおかつ、剣を振るうのに向いている体格をしています。さらに言えば、剣や魔法に限らず、すべての分野に生まれつき、向き不向きは存在すると思います」

「……まあ、そう言われたらそうか」

言われて、僕はうなずいた。

身長なんかも、ある程度、生まれつきのものだし。

高ければスポーツをやるには有利なことが多いが、低かったら、それはそれで、例えば競馬の騎手なんかには有利だしな。だから声の高低もそれと同じようなものだと思えば合点《がてん》がいく。

「そういうわけで、男性であるマサキ様は魔法を使うには有利です」

「え、じゃあもしかして僕も魔法、使えるの？」

「伝説の男なのですから、当然、使えるでしょう」

「マジで⁉」

「もちろんです。低い声音で呪文を唱えて、魔力をどんどん高めていけば、私も使えない最高クラスの魔法だって使えるでしょう」

「呪文を唱えれば、か……」

少し考え込んでしまった。僕、自分の声嫌いなんだよね。昔、ちょっとだけ声優に憧《あこが》れたことがあるんだけどさ、録音した自分の声を聞いたら死にたくなったんだ。自分の声って録音して聞いたら、やたらキモいよな。

……まあそんな黒歴史はどうでもいい。

魔法を使うなら、呪文はやはり不可欠らしいし。

ここは過去のトラウマを乗り越えて、頑張って使ってみようじゃないか。

「サキカ。ぜひ、魔法の使い方を教えてくれよ」

「わかりました。……ここではなんですので、私の部屋に参りましょう」

言われて、ここが廊下だったことを思い出した。


そんなわけで、サキカの部屋である。

女の子の部屋に入るのは、ドキドキする。

リノの部屋まで行くことはあるけど、入口で会話するだけだしなあ。

サキカの部屋は、いかにも彼女らしくすっきりと整理整頓《せいとん》されていて、無駄なものがいっさいない。ベッドと机と椅子《いす》とタンス。それに本棚と鏡があるくらいだ。

そんな部屋の中央に、僕らふたりは並んで立った。

「ではマサキ様、まず肩の力を抜いてください」

「こう？」

だらり。

「息を吸って」

すうー。

「止めて」

ぴたり。

「精神を集中させ、魔法、魔法と念じてください」

魔法……魔法……。

……魔法！

すると――

「……おおっ！」

ちょうど腹筋の下、丹田《たんでん》というのだろうか。

その部分が、妙に熱くなってきた。

「さ、サキカ。いま、お腹《なか》のあたりが熱い」

「魔力が高まったのです。成功です。やりましたね」

「こ、こんなにあっさりとできていいのかな」

「なんといっても男ですから」

「野郎パワー、相変わらずすげえな」

僕はお腹のあたりを、何気なく触る。……すごく熱い。

それなのに、指先が火傷《やけど》をするでもなく、触ることにも抵抗がないのは不思議なことだ。

「あとは低い声で呪文を詠唱して、魔法を発動させるだけです。例えば『フレム』とつぶやけば、炎の魔法が使えます。手のひらから炎が出ます」

「あ、もしかして、サキカと初めて会ったときに使われた、あの魔法？」

「……あのときは、たいへん失礼いたしました」

「いや、別に怒ってないから。確認しただけ」

「ありがとうございます。――はい、あのときの炎の魔法です」

「オッケー。じゃ、ここで呪文をつぶやけば炎が出るわけね」

僕は右手を突き出して、それっぽく構える。

そして可能な限り低い声で、呪文をつぶやいた。

「『フレ――」

その瞬間。そう、呪文をまだ唱え終わってもいないというのに。

ど――――――――――――――――――ん!!

手のひらから、巨大な炎の球体が発射された。

室内に光が溢《あふ》れて、熱が満ちる。

それと同時に窓が割れてガラスが吹っ飛ぶ。

はるか彼方《かなた》に見えていた、緑の山が吹っ飛んだ。超・自然破壊。

「…………」

僕は、唖然《あぜん》。……呆然《ぼうぜん》。

「おめでとうございます。『フレム』が発動しました」

「い、いや。……サキカ。いまのは、その。……僕の、魔法なの？」

「もちろんです。さすがは伝説の男。魔力が私とは桁違《けたちが》いです」

「違いすぎるよ……」

山が吹っ飛ぶって、どんだけだよ。サイヤ人かよ。

部屋の中もひどいもんだ。壁は焦《こ》げて、カーテンは破れ、家具は飛び散り……。

そうだ、サキカは!?

「サキカ、怪我《けが》はない？」

そう思って振り返ると――うおっ!?

「全身に魔法の気をまといましたので、皮膚《ひふ》に傷ひとつついておりません」

と、彼女が言った通り、サキカの肉体にはシミひとつ、ついていなかった。

そう、肉体には。

……すなわち。服は見事に、焼け落ちていた。綺麗《きれい》な裸体《らたい》が丸見えである。

浴場で見たとき以来の全裸《ぜんら》。部屋で見ると、なんだかいっそうヤラしく見える。

相変わらず、ほっそりとした身体つきしてるなあ……。膨《ふく》らみかけのバストから、真っ白で細い腰回り、すらっとした二本のナマ脚《あし》、なによりぷっくりとしたふくらはぎ……。

って、そうじゃなくて。

「ご、ごめん、サキカ。……っていうか、少しは隠そうよ」

「問題ありません。今日は気温も平均より高く」

「暑いとか寒いとかの話じゃなくてさ！」

と、ツッコミを入れていると、

「サキカ、いまの音はなに⁉」

バタン！　と、勢いよくドアが開いてリノが入ってきた。そして、

「……なに、やってるの？」

顔を、引きつらせた。

そりゃそうだ。部屋はボロボロ。サキカは全裸。だれだってこの惨状《さんじょう》を見たら驚く。

本当になにをやってるんだろう……。どうしてこうなった……。

と、とにかく、ここは僕がなんとかしないと。

このままじゃサキカが罰《ばっ》せられるかもしれない。

元はといえば、僕が魔法を使いたがったのが発端《ほったん》なんだから。

「リノ、ごめん。僕のせいなんだ。僕が魔法を使いたいと言ったから、サキカが僕に教えてくれたんだよ。でも僕が魔力を制御《せいぎょ》できなくて、こんなふうになってしまった」

「マサキが？　サキカに……？」

「申し訳ございません」

サキカはぐっと頭を下げた。そんな彼女に向かって「サキカが謝ることじゃないって」と僕は告げてから、また改めてリノのほうへと向き直る。

「ほんとにごめん。部屋の修理や片付けは、僕がするから」

「……はあ」

リノは、ちょっと僕とサキカを交互に見比べると、嘆息《たんそく》と共にこめかみを押さえた。頭が痛いのだろうか。まあ、城の一部が半壊すれば頭痛もするか。

「悪かったよ。僕、働いてでも弁償するから」

「え？　……ああ、いや、お金のことはどうでもいいんだけど……」

リノは少し呆《あき》れたように、僕の顔を見つめる。

かと思うと、目を伏せて、

「……ほんと最近、わたし以外の女の子とよく絡《から》むわね。いや、絡むのは当然なんだけど。……ああもう、なんでこんなに落ち着かないんだろう……」

妙にか細い声で、ぶつくさつぶやく。

やがて彼女は、

「まあ、いいわ」

納得したようなしないような顔を見せた上で、

「事故ってことはわかったから。ふたりとも、次からは気をつけてよ?」

「ああ、もちろんさ」

「ありがとうございます、リノ様」

リノは許してくれた。ほっとした。

僕は笑みをサキカに向けた。サキカも口許《くちもと》を軽くゆがめた。

よかった、よかった。

「…………」

リノは、やっぱりちょっと不機嫌そうだった。

僕はその横顔を見ながら——さっきのリノの小さな独《ひと》り言を、心の中で反芻《はんすう》していた。

——ほんと最近、わたし以外の女の子とよく絡むわね。いや、絡むのは当然なんだけど。

……ああもう、なんでこんなに落ち着かないんだろう。

…………やっぱりこれは、つまり、その。

ヤキモチ、なんだろうか……。

翌朝。朝食を食べに食堂に赴《おもむ》くと、サキカとばったり出会った。

「マサキ様、昨日のこと、ありがとうございます」

「ん、なにが？」

「マサキ様がかばってくれたおかげで、罰せられずに済みました。本来なら、マサキ様を尾行していたり、呪文を教えて部屋を爆発させたことで罰せられてもおかしくなかった」

「いや、たいしたことないよ。なんだかんだ言っても。僕が呪文を唱えた結果、部屋があああったんだし。かばったんじゃなくて、当然の謝罪をしたまでさ」

「…………」

サキカは無表情。

だが、どうやらちょっとだけ嬉《うれ》しいようだった。それがわかった。

「それよりも、僕のほうこそありがとうだよ。魔法の使い方がわかったからね。なにかお礼がしたいんだけど」

「お礼。いえ、私ごときがお礼など――」

「ごとき、なんて言うなよ。それにお礼しないと、僕の気が済まないよ」

「……で、でしたら」

サキカは、顔を伏せながら、

「また、頭をぽんぽんと叩《たた》いてくださいますか」

「頭？　え、それだけでいいの？」

「はい。それだけでいいのです。それだけがいいのです」

「……わかった」

僕は怪訝《けげん》顔をしながら――ぽん、ぽん。

サキカの頭を二度、優しく叩いた。

サキカは、顔を少しだけ赤くしながら、あごをぴくぴくと動かした。

嬉しがっている証拠だ。サキカが喜んでいるのを見て、僕もなんだか嬉しくなった。

最近、サキカはすっかり僕に心を開いてくれたようだ。心から、よかったと思った。

サキカには、二度とビクビクしたサキカに戻ってほしくない。

これだけは、なにがあっても絶対に変わらない僕の本音なのだ。

――ところで。

「リノはどこにいるかな？　サキカ、知らない？」

「リノ様ですか？　お部屋にいらっしゃると思いますが」

「そっか、部屋か。ありがとう」

僕は笑みを返しながら――かつてないほどの心臓の高鳴りを覚えていた。

「第八話」……………伝説の男、街をゆく

A different world that kills virginity

で、リノの部屋の前である。
……さて、どうしたものか。
やってきたはいいものの、次にどうアクションすればいいか、迷う僕。
僕はどうしたいんだ？　リノの気持ちを確かめたいのか？
じゃあ仮に彼女が僕のことを好きだったらどうするんだ？
「…………」
なにやってんだ、僕。自分のことさえわからないなんて、ヘタレすぎる。
こんなとき、恋愛経験のなさが恨《うら》めしい。まったくこれだから童貞《どうてい》ってやつは。
──と、そんなことを考えていた、そのときだ。
「マサッ！」
うわっ!?
な、なんか室内から声が聞こえてきたぞ。リノの声だ。

……なんだ？　マサ？

「マサゥ！」

なにこれ。合唱の練習？

「マッ……マサキッ！　わ、わたしと一緒に――」

「え？　正樹《まさき》？　……僕？」

僕は思わず、声を出してしまった。すると。

どたばたどたばたどったーん！

激しい音がしたのち、リノが部屋から出てきたのだ。

耳まで真っ赤になっている。

「マ、マサキ。……聞いてたの？」

「うん」

「どこから⁉」

「マサッ、のところから」

「その前は！」

「いや、聞いてないけど」

「そ、そう。……ならいいわ」

「な、なにが？」

「あ、いえ。なんでもないのよ。えへへ」

リノはなんだか、はにかんでいる。

「あの、マサキ。……あのね？」

リノはもじもじしながら、

「うちの国って壁に囲まれているんだけど、もうあの壁、かなり老朽化《ろうきゅうか》しているのよ。だから、さ、その修理をしようと思っているの。で、そのためにわたし、壁を見に行こうと思っているの」

「うん、行けばいい」

「そうじゃなくて！　その、だから。……わ、わたしと一緒に、マサキも来てくれる……？」

照《て》れ隠しなのか、長めの金髪を指先で弄《いじ》りつつ、僕を勧誘してくるリノ。

大きな瞳《ひとみ》が、上目遣《うわめづか》いになったり、あるいは僕から目をそらしたり、忙しい。

そして、僕は理解した。リノはさっきまで、部屋の中でこのセリフを練習していたんだな。

僕と一緒に行動するための声かけに、練習までする、か。

……やっぱりリノは、その、僕のことを………。

「マサキ？」

リノが、怪訝《けげん》声を出してきた。……いかん、黙り込んでいた。

「ごめん、ボーッとしていて。……街に出るって言うけど、僕も一緒に行って大丈夫なのかな」

「わたしがいいって言っているんだから、大丈夫よ！　それに、その——そう！　あなただって、この国を守る戦士のひとりなんだから、壁の状態くらい確認してほしいし。オルスベール王国全体も案内しておきたいし。マサキって、いつもお城にいて、まだ街を歩いたことないでしょ⁉」

リノは赤面しながら、わーっと言い立ててきた。

そんな彼女の様子に、僕は思わず身を引かせつつも、

「そうだね。街を歩いたのは、この国に来たときだけかな……」

と、返事をした。

確かに僕はリノの言う通り、この国の街並みをほとんど見ていない。

リノの態度や壁のことはさておいても、せっかくの異世界。ファンタジーの国に来たというのにこれはもったいないな。……うん、だんだん本気で見物したくなってきた。

よし、街に出よう。それがいい。

リノも、誘ってくれているんだしね。

「リノ、一緒に街に行こう」

僕がそう言うと、リノはものすごく上機嫌な顔で「ええ！」とうなずいた。

その表情を見て——僕もなんだか恥《は》ずかしくなって、彼女から目をそらした。

そんなわけで、十分後。僕はリノと共に市街地へとやってきた。

人々が立ち話をしていたり、笑い合ったりしている。商売の呼び込みをやっている人や、歌を歌っている人もいたりして、なんだか楽しい。

そんな街中《まちなか》を歩いていると、道行く女性たちは姫であるリノの存在に気がつき、次々と頭を下げるのだが――

やがて僕らが、彼女たちの前を通り過ぎると、すぐにヒソヒソ声が聞こえてきた。

「ねえ、見て見て、あの人」

「あれが噂《うわさ》の……男？」

「絶対にそうよ。リノ様とあんなに親しげだもの」

「初めて見たわ。男っていっても、人間っぽいのね」

あちこちから声が上がる。噂されているのがわかる。

男が、オルスベール王国に来たってことがいよいよ広まったらしいな。

まるで有名人だ。いや、この国では確かに有名人なんだけど。

歩いているだけでジロジロ見られるのは、さすがにやりにくい。

そのうち慣れるのかなあ。

「ふう……」

息苦しさを感じて、ちょっと深呼吸をする。

すると、ざわわわ、とまた女性たちが騒ぐ。

「あれが男の呼吸……」

「いま、すごい量の息を吐きだしていたわ」

「肺活量もわたしたちとは違うのね！　すごい……！」

呼吸まですごいとか言われればじめた。迂闊《うかつ》に息もできないな、この世界は。

「ねえ、マサキ。壁に行く前に、どこか見たいところとかある？　案内するわよ」

「……そうだなあ。どこか店にでも入ってみたいね」

それは本音だったが、とりあえず街の女性たちの目から逃れたいのもある。

「お店ねえ。なんのお店？　どこでもいいの？」

「うん、どこでも――あっ、ここがいいなあ、入ろう」

僕とリノは目の前にあった、古めかしい建物に入った。

中には、だれもいなかった。お客さんどころか店員さえも。

ただ、お店であることは確かだった。棚にいろいろ、並べられている。

古い剣や、槍《やり》に弓、食器や本、服や小物まで。どれも多少傷《いた》んでいるが、どうやらここは中古品を扱うお店。いわゆるリサイクルショップのようだ。

こういうところを見るのは、けっこう楽しいよね。

思わぬ掘り出し物が見つかったりして……。

そう思って、店の奥に目をやると、

【マサキ様御用達《ごようたし》コーナー　いま話題の、男が使ったアイテム勢揃《せいぞろ》い！】

「なんだこれ⁉」

「どうやら、マサキの使った道具を高く売ってるみたいね」

「知らないぞ、あんなの」

マサキ様グッズはあれこれ揃っている。宣伝文句通り、剣にティーカップもあれば、本やらハサミやら羽根ペンまで。だが、僕はどれも使ったことはない。

「なーるほど。パチモノを売って儲《もう》けようって魂胆《こんたん》ね」

「そ、それにしたって……これはひどい」

マサキ様メガネとか、マサキ様シャツ。あ、マサキ様使用済みパンツまである。でもこれ、女性用下着じゃないか。これを僕が使ったことにして売ってるのか⁉

くそっ、男が使う本物のパンツを知らないからって、めちゃくちゃやってるなあ。

店の人に文句を言ってやる。そう思って、周りをきょろきょろ。

やはり店員はいないようだ。……と思っていたら。

「あ」

店の片隅《かたすみ》で、おばあちゃんがこっくりこっくり。居眠りしていた。

あれがここの店主かな。……どうも、文句言いにくいなあ。

「やりにくいわね、お年寄りだと」

リノも、僕と同じ思いらしい。

「でも、叱《しか》らないわけにはいかないわ。これ、はっきり言って詐欺《さぎ》だし。せめてマサキ御用達って文句だけは取り下げさせないと」

「その通りだ」

と思いつつ、おばあちゃんのことなので、なんとか穏便《おんびん》に済ませてあげたいと思う僕。

まあ、ほどほどにね。

……と、言おうとしたそのときだ。

マサキ様コーナーの最上段に目が留まる。

『マサキ様使用済みヒゲソリ』

「ぶ!?」

見覚えのあるヒゲソリがそこにあった。

T字のヒゲソリ。これを使う人間はこの世界に僕しかいない。

これは間違いなく本物だ！

「な、なんでこんなところに僕が使ったヒゲソリが……?」

そうか、僕が捨てたものをお城勤めのだれかが売ったんだな。なんてことだ。

しかし、ただの使い捨てヒゲソリが、まるで伝説の剣みたいな扱いである。

あんなものでも、僕が使うとプレミアがつくのか。

「僕の使ったヒゲソリなんかだれが買うんだよ。なあ、リノ――」

「はぁ……はぁ……」

リノの目の色が変わっていた。

「リノ⁉」

「本物……本物の……マサキの使ったもの……マサキの身体《からだ》に触れたものっ……！」

「落ち着いて、リノ！　正気に戻るんだ‼」

「お、おばあさん、起きて！　わたし、あのヒゲソリ買います！　金貨何枚でも積むから！」

「金貨ッ⁉　あれはただのヒゲソリだよ⁉」

「マサキが使ったヒゲソリなら、わたし、欲しいのよ！」

「あとでいくらでもやるよ、あんなもの！　新品をやるよ！」

「中古《ユーズド》だからこそ価値があるのよ！　放して、マサキーッ！」

目玉がマンガみたいにぐるぐる目になっているリノを羽交《はが》い絞《じ》めにし、なんとかお店から脱出したのは、ちょうど五分後のことだった。

――なお、このリサイクルショップ。

おばあちゃんはただ店番をしていただけで、実はその娘が詐欺まがいの商品を売っていた黒

幕であったことが判明。それを知ったリノは、容赦《ようしゃ》なく、マサキ様コーナーの撤廃《てっぱい》を命令したのである。

が、これはのちのお話。


「ふう……」

リサイクルショップを出た僕らは、路地裏を歩く。

「ごめんね、マサキ。わたしとしたことが、冷静さを欠いていたわ」

リノが言った。とりあえず正気に戻ったようだ。よかった。

「だいたい、僕のヒゲソリなんて買ってどうするつもりだったのさ」

「え？　それは……つまり、その……いろいろと使えるから……」

どう使うんだろう。そして、なにに使うんだろう。

「べ、別にヒゲソリが欲しいわけじゃないわよ。マサキが使ったものだから欲しいって……」

リノは、顔を赤くしながら言った。

頭《こうべ》を垂《た》れ、長めの金髪をサラサラと揺らしながら唇《くちびる》を動かしているそのさまは、なんていうか。……恋する少女以外の何者でもない。

………どう、したものだろうか。

僕は何度かまばたきをしながら、一度、深く呼吸をして、会話を続ける。

「……リノさ。最近、ちょっと様子が変だよね」

「……え？」

リノは、ぴたりと動きを止めた。

「……そんなことないわよ」

「あるって。今日の市街地見回りだって、変なテンションで誘ってきたし」

「いや……だって……それは……」

リノはぶつぶつ言いながら、さらに顔を伏せてしまう。耳まで真っ赤だ。

「だから、その……ちょっと胸が苦しいだけで。病気……ってわけじゃないと思うけど」

「まあ、病気だったらこうして歩くことも大変だろうしね」

「だ、だけど、だけどっ、きついのは確かで……。……あ、もしかしたら、前みたいに、マサキが口をつけた水を飲んだら、回復するかもしれなくて――」

と、言いかけてリノは、はっとしたように唇に手を当てた。

「……そう。そうよね。マサキの唇が触れた水筒の水、飲んじゃったのよね。……わたし、なんであのときはあんな大胆なことできたんだろう……あ、ああ、あああ……」

いまのリノのセリフ。小声なので『そうよね』までしか聞こえなかった。

だけど、だいたいなにを言っているのか想像はつく……。

リノの顔は、いよいよ真っ赤になった。ほとんどトマトである。

そして——

「ねえ、マサキ。さっきから思ってたんだけど」

「ん？」

「顔。……なんだか赤いわよ」

そう、僕も顔が真っ赤である。自分でもわかる。

そりゃ、顔も赤くなるよ。リノの好意が、いよいよわかりやすく僕に伝わってきたんだから。

……好き、か。なぜ、リノが僕を好きになってくれたのか。それはよくわからないけど。

しかし——僕はどうしたらいいんだろう。こういうとき、なにをどう言えばいいんだろう。

普通に考えれば、僕はリノの想いになんらかの形で応《こた》えるべきだろう。

リノはいい子だ。容姿も端麗《たんれい》だし、性格だって、頑張り屋で明るくて優しくて、人間として女性として魅力的だと思う。

それに以前、男としての強さだけじゃない、僕だから必要だと言ってくれたことがある。

あれは本当に嬉《うれ》しかった。嬉しくて、嬉しくて、涙が出そうで——

だがそんな素晴らしい彼女だからこそ。僕はいま、戸惑《とまど》っているんだ。

だって、冷静に考えると。……僕なんかが、彼女と釣り合うとは思えないから。

こっちの世界に来てから、伝説の男だ、マサキ様だって崇《あが》められているけれど……。

日本にいた僕は、バイトをクビになり、彼女もできず、世界に居心地《いごこち》の悪さを感じていた。

はっきり言って情けない男だった。子供のころからずっとそうだった。

勉強も運動も、別に得意じゃなかったし、なにか特技があるわけでもない。

そんな僕が、リノみたいないい子の愛情に応える資格なんか、あるとは思えない。

ヘタレすぎる？　うん、僕も自分でそう思う。……だけど、仕方ないだろ。

生まれてこの方、自分に自信を持てる出来事なんか、一度もなかったんだから。

「…………」

「…………」

リノはしゃべらない。僕もしゃべらない。

奇妙な沈黙が僕らの間を支配する。

そのときだった。

「…………ん？」

ふと顔を上げると、それが見えた。

高い壁だ。お城と街を、ぐるりと囲んでいる石壁の一部。

僕らはずっと、歩き続けていたのだ。目的地の、壁に向かって。

なんか忘れかけていたけど、もともと外出の目的は、傷んだ壁の視察だったんだよな。

「リノ、あれが修繕《しゅうぜん》予定の壁だよね」

「あ、うん。……そうよ」

リノも、我に返ったような顔をしてうなずいた。

ちょっと変なムードになっていた僕ら。

そんな僕たちにとって、壁の話題ができたのはありがたかった。場の空気が持つ。

ずいぶん古い壁みたいだけど、この壁を作った理由って、やっぱりモンスターへの備えなんだろうか。

その疑問をリノに尋《たず》ねると、

「この壁はそもそも数百年前、例の、モンスターのボスに備えて作られたものらしいわ」

「ボスって……男たちが次々と倒され、やっとの思いで封印《ふういん》したってやつだろ？」

「そうよ。……そういえばまだ、名前は言ってなかったわね。『ゼビュナス』。それがモンスターのボスの名前よ」

「『ゼビュナス』……」

僕は、その名前を繰り返した。

「とにかく強い敵だったらしいわ。男が何百人でかかっていっても勝てなかったんだって。で、その『ゼビュナス』に備えるために、この国のお城と市街地を壁でぐるりと取り囲んで守りを固めたらしいのよ」

「なるほど。……やっぱり『ゼビュナス』は、よっぽど強くて、怖い怪物だったんだな」

「男数百人でも倒せなかったっていうからね。それに『ゼビュナス』はあまりに凶暴で、仲間のモンスターさえも食い殺したりしたらしいわ。だからモンスターのほうにも、『ゼビュナス』の封印を解いて助けようという動きは、ほとんどなかったらしいの」

「仲間までかよ……。──だけど、その『ゼビュナス』に備えて作った壁が、いまとなっては普通のモンスターから国を守るために役立っている、と」

「そういうこと」

言いながらリノは、城壁を見上げた。

壁は、さんざんに傷がついている。一部は思い切り欠損《けっそん》しているほどだ。

「リノ様、こちらにいらっしゃいましたか」

声が聞こえた。

振り返ると、女性兵士が十人ほど立っている。

「マサキとふたりで、壁の話をしていたところよ」

リノは薄い笑みを浮かべると、その女兵士の中でも一番年長の（といってもせいぜい二十代後半くらいだったが）女性に声をかけた。

「壁を修繕する話は聞いてるわね？　どれくらいかかりそう？」

「完全に修理するには、三カ月はかかるかと……」

「遅いわ。それじゃ、もしモンスターが攻めてきたらどうするのよ」

「しかし、どう頑張ってもそれがやっとです」

年長の兵士さんは、困り顔を浮かべる。

そのとき、僕はふと思った。

「あのさ。壁の修理って魔法じゃできないの？」

「それは、できなくもありませんが……『ファオス』という修理魔法がありますし……」

「でも無機物の修理は、すごい魔法の力が必要なのよ。人間とか動物の怪我《けが》よりも、物のほうが、なおすのは大変なんだから」

「そうなの？」

「ええ。生き物って、自分である程度、怪我や病気を治す力があるじゃない。回復魔法はその力を促進させるって仕組みだから。でも、壁の修理は……」

「そっか。壁に自己治癒《ちゆ》力なんかないもんな」

「ええ。だから、物質を一から作っていくって感じで魔法をかけないとだめなの。だけどそれって、すごく大変なんだから。サキカでも一苦労になるでしょうね」

「なるほど……」

僕はうなずいた。

理屈はわかった。その上で、

「魔法で壁の修理はできるわけだ。それなら」

僕は言った。

「僕の魔法で、すぐに修理できると思うよ？」

「「え？」」

リノと年長さんが、同時に口を開ける。

そして年長さんは、困ったような笑みを浮かべた。

「……いくらマサキ様が伝説の男であっても、それはさすがに無理ですよ……」

「できるよ。サキカから魔法の使い方は教わったから」

僕はさらりと言った。言いながら、壁に向かう。

「あのときはちょっとやりすぎちゃったけど、今回は修理の魔法だからね。やりすぎってことにはならないと思う。普通にすればいい」

壁に、手を当てる。精神を集中させる。前のときと同じ要領だ。

でも、あのときのように魔法を暴走させないように、魔力をうまく制御《せいぎょ》する。

お腹《なか》が熱くなってきた。いい感じだ。その上で――

「『ファオス』」

と、小さく、なおかつ低い声音《こわね》でつぶやく。

すると次の瞬間、壁全体が光り輝いた。

そして壁の傷やらヒビやら、破損《はそん》していた部分は、すべて完全に修理されたのだ。

「これでよし、と」

「す、すごいわ……」

「ほ、本当に直っている……！」

リノと年長さんが、そして他の女性兵士たちも、仰天《ぎょうてん》して壁を見上げる。

「だから、できるって言ったろ？」

「ま、まさか壁まで修理してしまうなんて」

「さすが伝説の男……！」

「すごい……！」

兵士たちはみんな、驚嘆《きょうたん》の声をあげた。

瞳を輝かせている。うん、成功だ。

「リノ、それじゃ行こうか。この国の他のところも見たいし」

「え、あ、うん。そうね」

リノは呆然《ぼうぜん》としていたが、すぐに我に返って首肯《しゅこう》する。

そのときだ。

「マサキ様、あたしがこの国を案内しますっ！」

「いえ、わたしが案内します！」

「わたくしこそ……！」

女性たちが迫り寄ってきた。わ、ちょっと。そんなに近づかないで。

おっぱいが当たる。髪の毛が触れる。すごく、いいにおい……。

と、思わず理性が弾《はじ》け飛びそうになったが自制する。あぶない、あぶない。

「…………」

なんだか、リノの目線も微妙に痛いし。ジト目っぽくなってるし。

どう考えても、ヤキモチ焼かれていますねえ。女の嫉妬《しっと》ってこういう感じか。

悪い気持ちはしない。ちょっとだけ怖いけど。

ま、しかし。——だからってわけじゃないけど、僕はこう言った。

「みんな、気持ちは嬉しいけど。僕は今日、リノに街を案内してもらうんだ」

それは本音だった。リノとふたりであちこちに行くって約束だったもんね。

「それにみんなは、仕事もあるんだろ？　だったら、そっちを優先しないと」

「「「…………」」」

僕の言葉に、女性兵士たちは一言もない。

それで、すべては決まった。

「じゃ、僕らはこれで。行こうか、リノ」

僕がそう言うと、リノはしばらく呆然としていたが——

「ええ、行きましょ、マサキ！」

これまで見たこともないほど、爛漫《らんまん》な笑みを浮かべた。

「……リノ。すごい笑顔だね」

「え？　そう？　……まあ、そうかもねっ」

リノは、ちょっとだけ笑ったあと、

「だってわたし、いま、本当に楽しいから！」

僕に、白い歯を見せたのである。

そんなリノは、本当に愛らしかった。


その後、僕らはふたりで国中を見て回った。

オルスベール王国は、半日もあれば回れる程度の小さな国だけど、見慣れないファンタジー世界だけあって、僕はかなり楽しめた。

そして、僕を案内している間、リノはずっと上機嫌だった。本当に嬉しそうだった。

僕も、本当に嬉しかった。彼女と一緒で幸せだった。

だから、思うんだ。いまの僕はヘタレだけど——

もっともっと、勇気をもちたい。

もっともっと、男になりたいって。

そう思ったんだ。

「第九話」……………ハーフエルフ、エルクデア登場

A different world that kills virginity

夜の森である。

オルスベール王国から数キロ離れたこの場所に、モンスターたちが集まっていた。

ミノタウロスやスライム、ガーゴイルにスケルトン。

星の光を浴びながら、それぞれ気ままに会話している。

「最近、オルスベール王国に変な人間が来たらしいゼ」

「なんだそりゃ」

「だれか知ってるカ?」

「知らン。……おい、新入りハーフエルフ。てめえは知ってるカ?」

「…………」

ハーフエルフと呼ばれた少女は無視をした。

薄手の衣《ころも》を着用している、十二歳《つ》くらいの少女であった。小柄な体軀《たいく》に、月光を反射するほど艶《つや》やかな銀髪をした、やや吊り目気味の、耳がとがっている女の子。

ツンと、澄《す》ました顔をしている。

彼女が無視をしたことで、モンスターたちは顔色を変えた。

「おイ、ハーフエルフのくせになんダ、その生意気な態度ハ」

「ぶっ殺してやろうカ」

低い声の脅《おど》し。

だが、少女はニッと笑顔を返した。

「やってみる？　このエルクデアを殺せるの？　アンタたちが」

そう言って、エルクデアは腰から白銀のナイフを抜き取った。

すると、モンスターたちは一瞬、身を引かせる。

「……エルクデア」

「あの新入リ、どこから流れてきたのかと思っていたガ」

「あれが『眠りのエルクデア』カ」

「北の森のトロール族五十人ヲ、ひとりで皆殺しにしたっていウ……？」

ざわざわと、モンスターたちはささやき合う。

そこへ――

「落ち着かねえカ、お前たチ」

一体の、巨大なモンスターが低い声を出した。

オークであった。この森に住むモンスターを束ねている、兄貴分。

モンスターたちからは、キングオークと呼ばれているモンスターであった。

「新入り一匹二、見苦しイ。ぎゃあぎゃあ騒ぐんじゃねえヨ」

「すみませン、キングオーク」

「おウ。……エルクデアア。てめえもこの森に来たからにャ、ちっとはおとなしくしナ」

「…………」

ふん、とエルクデアは、キングオーク以下モンスターたちに一瞥《いちべつ》をくれると、おもむろに腕を組み、またそっぽを向いた。

その仕草《しぐさ》に、モンスターたちは再びいきり立つ。

キングオークも、ピクリと片眉《まゆ》を上げた。……それ以上はなかったが。

険悪な空気が流れる。

エルクデアは、反吐《へど》が出そうだった。

——まったく、ハーフエルフのくせにってなんだよ。あたしの半分が人間だから、どうだっていうんだよ……。

エルクデアはエルフと人間のハーフだった。エルフの男性と人間の女性との間に生まれた子供だ。本来エルフはすべて金髪なのに、銀色の髪をしているのもハーフだからだ。

エルフはいちおう、モンスターとされている。

だがハーフエルフは、モンスターたちの中でも見下され、差別の対象だった。

人間の血が混ざっている。それだけの理由で。

そういうわけで、エルクデアの幼児時代には、悲惨《ひさん》な思い出しかない。

そんな境遇から抜け出すために、エルクデアは必死になって修行し、強くなった。それから
は、だれが相手でも戦った。人間だろうとモンスターだろうと、自分と対立する者には容赦《ようしゃ》を
しなかった。北の森のトロールたちを殺したのも、自分を不浄なる者《ハーフエルフ》として、殺そうとしてき
たからだ。正当防衛だったのだ。

とにかくエルクデアは、自分を迫害する者とは徹底的に戦ってきたのだ。

その結果、昔のようにいじめられることはなくなった。

しかし、それはそれとして、まだ差別されているという実感がある。

ハーフエルフというだけで、ナメられているという気がする。

いまだってそうだ。この森のモンスターたちは、自分のことを馬鹿《ばか》にした。ハーフエルフと
いう理由だけで。

——面白《おもしろ》くない。

——あたしはどこに行ってもこんな扱いだ。

——世界って、どうしてこんなに居心地《いごこち》が悪いんだろう。

——もっともっと、強くなりたい。強くありさえすれば、差別されなくなる……。

そう思っていたときだ。

「そういえバ、話は戻るけどヨ」

雑談を再開したモンスターたち。そのうちの一匹が言った。

「最近オルスベール王国にやってきた人間。ありゃ『男』だって噂《うわさ》を聞いたゾ」

その声を聞いた瞬間、エルクデアは、ぴくり。尖《とが》った耳を動かした。

「それ、本当なの？」

思わず、尋《たず》ねる。

「オルスベール王国に来た新しい人間は、伝説の『男』なんだね⁉」

「あ、あア。あくまでも噂だけどナ」

問われたモンスターは、おどおどしながら首肯《しゅこう》する。

「……よし」

エルクデアは、ニヤリと笑った。

「エルクデア、どうするつもりダ？」

キングオークが問いかける。

「決まっているじゃん」

エルクデアは、さらりと答えた。

「男を、殺してくる」

ざわっ……。

モンスターたちの間に戦慄《せんりつ》が走った。

まさか、伝説の男を殺すだと？　無茶だ。馬鹿々々しい。死にに行くだけだ……。

そんな声が飛び交《か》う。

エルクデアは、それらの声音《こわね》を聞きながら、やはり決意を新たにした。

伝説の男を殺す。

そうすれば、あたしはもうバカにされなくなるはずだ。

もう、だれにも差別されなくなるはずだ！

「エルクデア、本気カ？」

「もちろんだよ」

キングオークの言葉に答えてから、エルクデアは、モンスターたちの群れから飛び出す。

（待ってろよ、オルスベールの男……！）

そしてその足で、オルスベール王国へと向かうのだった。

闇夜《やみよ》にまぎれて、エルクデアはオルスベール王国のお城に近づいた。

見張りの門番を魔法で眠らせ、城の中を突き進む。

夜中だけあって、城内は静まりかえっている。エルクデアはなるべく足音を殺しながら歩いたが、それでも時おり、足音が響いてしまうのは否《いな》めない。

顔をしかめながら、きょろきょろとあたりを見回す。

(男の部屋はどこだ……?)

なにしろ伝説の『男』である。丁重《ていちょう》な扱いを受けているはずだ。

(上のほうにある部屋かも)

エルクデアは、なお進む。

かつて人間の世界に、恐ろしい力をもった『男』がいたということは、死んだ母親から聞いていた。もし自分が男だったら。そう思ったこともある。エルクデアの半分は人間だ。もし男だったら、どれだけの強さだっただろう。もっともどういうわけか、異種族と交配した人間の女性が産む子供は、ひとりの例外もなく女性なのだが。

(だから人間の男なんてこの世にいるはずがない。……はずなんだけどね)

モンスターも言っていたが、ただの噂の可能性もある。

そのときは、森に帰るだけだ。

だが、もしも本当に男がいたら――

(殺してやる)

戦ったら負ける、とは、エルクデアは思わなかった。自分はトロール五十人を殺した『眠りのエルクデア』だ。相手がたとえ伝説の男であったとしても、勝利する自信がある。

やがて、オルスベール城の最上階にたどり着いた。

部屋がいくつかある。

（この中のどこかに男はいるはず）

ゆっくりと、進んでいく。

窓から射《さ》し込んでくる、星明かりがまぶしい。

思わず、目を細めた。

そのときだった。

「そこにいるのはだれ⁉　止まりなさい！」

突然、声をかけられた。

（まずい）

と思ったが、もう遅い。

声がしたほうを振り返る。

金髪の少女が、剣を構えていた。

寝室から出てきたのか、下着の上に薄手のマントを羽織《はお》っただけのかっこうだ。

（こいつ、前に遠くから見たことがある。オルスベール王国の姫だ。リノ・オルスベールだ）

「エルフ？　いえ、ハーフエルフね。門番がいたはずなのに、どうやってここまで来たの⁉」

「門番なら、いまごろぐっすり寝ているよ。それよりも、伝説の『男』の部屋はどこ？　教えてよ。そうしたら、命だけは助けてやるからさ」

「マサキをどうするつもり⁉」

「マサキ。それが『男』の名前か。いいことを聞いたよ」

「マサキの命を狙《ねら》ってきたのね⁉　そうはさせないわ！」

リノは剣を振りかざし、襲《おそ》ってきた。

速い。

動きにも、まったく無駄がない。

(強い！)

エルクデアはナイフで、リノの剣を受け止めながら思った。

そのあたりのモンスターより、よほど強い。

人間でこれだけの剣腕《うで》を誇るとは、信じられない思いだった。

「……ナイフだけじゃ勝てないかな」

そう思ったエルクデアは、ニヤリと笑うと、

「『スレイプ』」

眠りの魔法を発動させた。

「な……う……ん……」

まぶたを下げていく、リノ。

数秒後、彼女は剣を地面に落として倒れ込むと、すうすうと寝息を立て始めた。

エルクデアの得意技《わざ》だった。強力な眠り魔法。『眠りのエルクデア』、その二つ名の由来《ゆらい》でもある。彼女の『スレイプ』を耐え抜いた者はこの世にいない。

「人間にしてはよくやったよ、お姫様。でも、これまでだね」

そのときふと、エルクデアは思った。

『男』ではないにしろ、この女はオルスベール王国の姫だ。

殺しておけば、モンスターたちからも一目置かれるかもしれない。

「よし、殺しておこっと」

エルクデアはナイフを逆手《さかて》に持った。

そして、倒れたリノの心臓目がけて、いままさに振り下ろさんとする——


「そこまでだ！」


はい。

騒ぎを聞きつけた僕、参上。

お城の廊下で、身体《からだ》を横たえているリノ。

そしてその前でナイフを構えている銀髪の女の子。

けっこう、いいタイミングで出てきたらしい。あと三秒遅かったら危なかったな。

もっとも、その大ピンチの張本人は、巨乳を上下させながら、すうすうと寝息を立てているわけだけど。

……けっこうきわどい服装のお姫様。下着の上にマントを着てはいるのだが、そのマント、なんとシースルーである。なんていうか、ネグリジェっぽい感じ。ただの下着姿より、いっそうヤラしい。いろんな意味で童貞《どうてい》殺しである。

「アンタが伝説の『男』だね？」

銀髪の少女が挑戦的な顔で言う。ナイフを持っている。怖い。

この少女、よく見ると耳がとがっている。エルフってやつかな。

「……そう、僕は『男』だ。名前は正樹《まさき》。君は？」

「名乗ってどうするんだい？　いますぐ、アンタは死ぬのに。……まあいいや。あたしはエルクデア。アンタを殺しに来たハーフエルフだよ」

「殺しに……」

まあ、そんなことだろうと思ったけど。

「殺される理由がわからないな。僕が君になにかしたかな？」

「アンタを殺したらあたしの名が上がる。理由はそれだけだよ。シンプルでしょ」

そう言って、エルクデアはナイフを構えた。

「悪いけど、死んでもらうよ」

話し合いの余地はないらしい。

見たところ、小学生くらいの女の子とはいえ、刃物まで持っている。

ぶっちゃけ怖い。なるべくなら戦いたくはない。ミノタウロスとかスライムとか倒してきた僕だけど、この女の子、なんか別格で強そうだし。いわゆるボスキャラって感じだし。

といっても、ここで戦わなきゃリノがやられる。

「すぴー……すぴー……」

「寝息とか立ててるし。気楽でいいなあ」

当分、起きそうもないね。

仕方がない。戦うしかない。

僕は拳《こぶし》を握って、構えを取った。

「ぷっ、なにその構え」

エルクデアは噴《ふ》き出した。

「スキだらけ。全然なっちゃいないじゃん」

ディスられた。まあ、そうだろうな。

この僕の構えは、バトルマンガの主人公の真似《まね》だし。

しゃあないだろ。本当の修行とかしたことないんだから。そりゃ、適当な体勢になっちゃうよ。

「あーあ、失望。これならお姫様のほうがよっぽど強いんじゃないかな。伝説の『男』っていってても、しょせんは伝説だったんだなって」

言いたい放題である。

「ま、いいか。それでも『男』は『男』。殺せば名が上がるし。……じゃ、マサキ、だっけ？　いまから殺すからね。バイバイ！」

別れのあいさつを叫ぶと同時に、エルクデアは床を蹴《け》った。

そのまま、まっすぐに突き進んでくる。……速い！

無駄のない動きだ。僕でもわかる。

「やばっ……！」

さすがに焦《あせ》った。攻撃を避けることも、受けることもできそうにない。

エルクデアが、ニヤリと笑ったのが見えた。……やられる⁉

ぎらりと光る刀身《とうしん》が、僕の心臓に突きたてられて――

そこで、ナイフは止まった。

僕のシャツまでは破れたが、それまでだ。

刃《やいば》の先端は、僕の皮膚《ひふ》で止まってしまっている。

「……え？」

信じられない、という目になるエルクデア。

「……ど、どういうこと？　なんであたしのナイフが効《き》かないんだよ」

「こっちも知りたい」

うめくように返す。

「たぶん、その。君のナイフでは僕の皮膚を裂けないってことだと思うんだけど」

「そ、そんな。なんだよ、それ！　強すぎてインチキ！」

「そう言われても。いや、実際自分でも驚いてる」

男《ぼく》の戦闘力……ここまですごいの？

ナイフをまともに受けてもノーダメージ。ちょっとチートすぎるぜ。

「……こんな、こんなこと。このあたしが……負けるっていうの……？」

エルクデアは愕然《がくぜん》としながら、しかしまだ諦《あきら》めてはいなかった。「ちっ！」と激しく舌打《したう》ちした上でジャンプすると、僕から数メートル離れた場所に着地して、

「だったら、アンタを眠らせるだけだよ！　その上で、口にナイフを突き刺してやるさ！　皮膚もくそもない、喉《のど》の奥まで突き破ってやる!!」

こちらを見据《みす》えつつ、大仰《おおぎょう》に両手を突き出して吼《ほ》えた。

「『スレイプ』！」

魔法だ。それも眠りの魔法らしい。なるほど、リノはこれにやられたのか。

けっこう強力な魔法だ。なんとなくわかる。サキカと同等、いやもしかしたらそれ以上の魔法力かもしれないな。大したもんだ。

だが。――僕はビクともしなかった。

「……うん。ちょっとかったるい感じだけど、効いてない効いてない」

「な、な、な……」

エルクデアは、唖然《あぜん》としている。

「ど、どうして。どうしてだよ……！　なんで魔法が効かないんだよ……！　伝説の『男』は、それほどまでに強いのか……!?」

「ほんとだよね。まさか魔法まで無効化するとは思わなかった」

自分の身体が自分のものでないみたいだ。我ながらちょっと怖いくらいだ。

ところで、それはひとまず置いといて。

「エルクデア。次は僕の番だな」

「!!」

「僕は君のような敵から、リノやこの国を守らないといけない」

ポキポキと、意味もなく指を鳴らす。

するとエルクデアは、絶望をはっきりと顔に浮かべた。

「ちょ、ちょっと待っ――」

「待たない！　せーのっ」

「ひっ！」

エルクデアは両目を閉じた。……いまだ！

僕は思い切り、右手を振りかざして——

バチン！

ビンタを、彼女の左頬《ほお》に炸裂《さくれつ》させた。

エルクデアは、それで軽く吹っ飛んで、どたんと尻《しり》もちをつく。

「……え？」

エルクデアは、信じられないという顔で、目を見開いている。

全力で殴られたわけじゃないことに、気がついたようだ。

そう。僕は全力でブン殴らなかった。子供をグーで殴ることに抵抗があったからだ。

甘いのはわかっている。相手は僕だけじゃなくて、リノまで殺そうとした敵だ。とどめを刺すのが一番だと確かに思う。

だが、それでも、話してわかってもらえないだろうかって。そう思ったんだ。

「ねえ、エルクデア」

僕は中腰になって、へたりこんでいるエルフ少女に視線を合わせると、

「敵とはいえ、君みたいな女の子を殺すのはどうも気が重い。もう二度と攻めてこないことを

約束して、帰ってくれないか」

「……そんなこと、できない！」

「なんで」

「だ、だって。あたし、男殺しに失敗したことをみんなに知られたら、また差別される！」

「……差別？」

聞き捨てならない言葉だった。

「エルクデア。差別ってどういうこと？」

「……それは……アンタには関係ないよ」

「そうはいかない。……なにか事情があるのか？　よかったら理由を話してくれ。力になれるかもしれないだろ」

「…………」

「頼むよ。……勇気を出して、打ち明けてくれ」

「…………」

エルクデアは、顔を伏せて黙り込む。

だが。……それから、少し時間をおいてから。

エルクデアは、僕に話してくれた。

自分がハーフエルフなので、差別されたこと。

その差別をはねのけるために、強くなったこと。

僕を殺しに来たのも、名を上げて、馬鹿にされないためだったこと。

すべてを聞き終わって――

僕は、強い義憤《ぎふん》を感じていた。

「なんてやつらだ。最低だ！」

会ったこともないモンスターたちを、ぶっとばしてやりたくなった。

出自《しゅつじ》であれこれ言うなんて、クズじゃないか。ぶん殴ってやりたい！

こっちの世界に来て初めてだ。こんなに怒りを覚えたのは……。

「アンタ……怒ってくれているの？　あたしのために？」

「ああ、怒っている」

「どうして？　だってあたし、ハーフエルフだよ？」

「それがどうした！」

「……！」

「エルクデア、君をいじめたモンスターのところに案内してくれ。そんな連中、僕がまとめて片付けてやる！」

「…………」

エルクデアの瞳《ひとみ》が、じわりと潤《うる》んだ。

かと思うと、ちょっとだけ口角を上げて、

「……もう、いいよ」

「え？」

「モンスターのことなんて、どうでもよくなった」

「……いや、でも」

「いいんだってば」

エルクデアは、白い歯を見せた。

これまでの険しい顔つきが、嘘《うそ》のようだ。

こんな顔もできるんだ、この子。

「そのほうがいいよ」

「え？」

「いまの君のほうが、魅力的だってこと。笑顔が……なんて言うか、素敵《すてき》だ」

「素敵？　どういうこと？」

「うーん、つまりさ」

こういうとき、女の子にどう言えばいいんだろう。

わからない。……いや、思ったままに言えばいいか。相手は子供だ。

「可愛《かわい》いってことだよ」

僕はさらりと言った。

うむ、さすがに相手が子供なら、僕でも緊張したり噛《か》んだりせずに言えるな。

と、思っていると、

「か、可愛い!?　あたしが……!?」

「うん。可愛いと思うよ。こんな妹がいたらいいなって感じ」

それは初対面のときから思っていたことだ。

エルクデアは、子供ではあるけれど、めちゃくちゃ美少女だと思う。

「…………………」

赤面。

耳まで真っ赤。

エルクデア、変貌《へんぼう》。

かと思うと——彼女は喜色を満面にあらわし、

「男————————————ッ♥」

「うおっ!?」

僕に、ぎゅうっと抱きついてきた！

「マサキ、だっけ。ああ、もう……名前なんてどうでもいい。男、男、男！　ありがとう！」

「ちょ、ちょっと待って！　いろいろと待ってくれ！」

僕は慌《あわ》てた。いろいろとツッコみたくてたまらない。とりあえず、男、男と連呼《れんこ》しないでほしい。名前、知ってるんでしょ⁉　モブキャラみたいに呼ばないでくれよ！

それと、抱きついてこないでくれ。なんていうか、全身の柔らかさがちょっとヤバい。膨《ふく》らみかけている小さなおっぱいが腕とか胸にくっついているし、さらに下半身をよく見ると、ほう、薄手の衣の下から、なかなか将来有望なふくらはぎが姿を見せているではないか。リノのむっちり型とは違う。サキカのほっそり型とも違う。修行や戦闘で鍛《きた》えているらしく、ぴっちりとした肉付きの、それでいて真っ白で麗《うるわ》しい、さながら運動部女子のごとき健康美。おわかりいただけるだろうか。神武以来《じんむこのかた》のふくらはぎがここにあった。

「――って、違う！」

いかん、ふくらはぎの魔力で、自分を見失っていた。

「え？　なにが違うの？」

「あ、いや、すまない、こっちの話で……いや君の行動も確かに違う。と、とにかく離れてくれ。頼むよ、エルクデア……！」

「やだ！　放さない！　だって、嬉《うれ》しいんだもん！」

エルクデアは満面の笑みで叫んだ。

「ハーフエルフを差別しないなんて、あたしのために怒ってくれるなんて、可愛いって言ってくれるなんて。なにもかも、初めてだったから！」

「……エルクデア」

「嬉しい……嬉しいよぉ……」

エルクデアは――さっきまで笑っていたと思ったら、急にヒックヒックと泣きだして、僕の胸に顔を埋めた。

「…………」

えぐっ、えぐっと嗚咽《おえつ》を繰り返している。うなじから肩まで、さらには全身を震わせていた。

僕は、そんなエルクデアをそっと抱きしめてやった。

この子は初めて、だれかに存在を認められたんだな……。

小柄なエルクデアが、いっそう小さく見えた。

「……ねえ」

やがて、泣き止《や》んだらしいエルクデアは、うつむいたまま言った。

「お願いがあるんだけど」

「ん？　なに？」

「あたし、これからこの国にいていいかな」

「え⁉　な、なんで？」

「もうあたし、モンスターのいる森に帰りたくない。ずっと、男のそばにいたい」

「………」

「一緒にいたいんだもん」

エルクデアは、顔を上げた。

ちょっと頬を紅潮《こうちょう》させている。

まなざしも、真剣だ。……どうやら本気らしい。

本当に、僕のそばに――オルスベール王国にいたいらしい。

「ま、まあ、僕はいいけど。リノがどう言うか……」

「……やったぁ！」

エルクデアは、ぴょんぴょん飛び跳《は》ねた。

「ほんとに⁉　ほんとにいいんだね？」

「いや、だからリノがどう言うかなんだけど……」

でも、すごく嬉しそうにしているエルクデアを見ていると、なんだか僕も楽しくなってきた。

「……まぁ、なんとかなる、かな。リノには僕から頼んでみるよ」

「うん！　ありがとう、男！」

「……あのさ。さっきから思っていたけど、男、はやめてよ」

「え。でも、男じゃん」

「男は男だけど、呼び方がさあ。別の呼び方にしてよ」

「男がだめなら。……………野郎？」

「もっとだめだよ！」

可愛らしい笑みで、男とか野郎とか、ほんとやめてほしい！

「マサキって名前があるんだ。マサキ、で頼むよ」

「マサキ。……マサキ？　うーん。なんかしっくりこないなあ」

「こっちはよっぽどしっくりくるけど。男とか野郎とか呼ばれるよりはね」

「マサキ君。マサキさん。マサキ様。マサキ殿。マサキちゃん」

「どれでもいいけど、最後のだけはさすがにちょっと」

「えー、ちゃんっていい感じだけどなあ。……あ、そうだ」

エルクデアは、ぽんと手を叩《たた》いて叫んだ。

「お兄ちゃん！」

「……え」

「お兄ちゃん、でどう？　それならピッタリって気がしない？　……だめ？」

上目遣《うわめづか》いに見てくる、エルクデア。

大きな眼《め》が可愛らしい。これじゃ、やめろとは言えない。

「ま、まあ、好きに呼んだらいいんじゃないかな」

「ありがとう！　嬉しいなあ。お兄ちゃん、ね！　お兄ちゃん、これからよろしくねっ！」

僕に抱きついてくる、エルクデア。ぺたぺた触ってきて、身体をこすりつけてくる。

さらに彼女は、クンカクンカとにおいまでも嗅《か》いできて、おまけにペロリ。

僕のほっぺたを舐《な》めてきた――って、えええええ!?

「おい、よせよ。犬じゃないんだから」

「イヌってなーに?」

「そっか、犬を知らないのか。えっと、つまり、動物みたいな真似はやめろってこと」

「いいじゃんか、お兄ちゃん。仲良くやろうよ」

「仲良くはいいんだけど……」

僕は腕組みしてしまう。……ううん、いいのかなあ、これ。

とにかく、こうしてエルクデアは、オルスベール王国に残ったのである。


なお、リノが目を覚ましたのは、きっかり十分後。

「うーん、むにゃむにゃ。マサキ……マサキ！　気をつけて、あなたを狙う敵が……あれ?」

「おはようございまーす」

エルクデアは、ぺこりと頭を下げた。

「さっきはごめんなさいでした。反省してまーす」

「……まあ、そういうことになった」

「…………」

エルクデアはめっちゃ頭を下げている。もっとも、僕に引っついたままだけど。

そんな光景を見たリノは、目を白黒させまくって。

そして、きっかり三分後。

「……どういうこと？」

本気で、混乱顔を見せた。

【第十話】……男女四人交尾物語

エルクデアが仲間になりました。

というわけで夜が明け、少し時間が経《た》った昼下がり。すなわち、エルクデアと僕が戦ってから半日ほど経ったころ、お城の一室にメンバーが集まったのである。

僕とリノとサキカ、そしてエルクデアの計四人ね。

エルクデアをオルスベール王国に置くことについて、リノは、

「マサキがどうしてもって言うなら、我慢《がまん》するけど……」

と、明らかに不満そうだったが、僕の判断ということでひとまず許容することにしたようだ。

「ま、受け入れてくれたことは感謝してるよ」

エルクデアは、言葉ほどには、さほど感謝している素振りも見せずにそう言った。

「モンスターが攻めてきたら、ちゃんとあたしも戦うからさ」

「当たり前よ。それくらいしてもらわないと困るわ」

言いながらリノは、エルクデアの不遜《ふそん》な態度を見つめつつ、わずかにまなじりを吊《つ》り上げた。

僕はちょっと、ひやひやする。エルクデアのやつ、もっとフレンドリーに接しろよ……。

僕相手には、お兄ちゃんお兄ちゃんと妹キャラ全開のエルクデアは、しかしリノやサキカ相手にはつっけんどん。エルフ戦士のエルクデアのままなのだ。

この国に住みたいなら、リノたちとも仲良くなってほしいんだがなあ……。

「とりあえず、空《あ》いている客室があるから、そこを使うといいわ。服も余ってるやつをあげるから――」

と、リノが言った瞬間だ。

「え？　あたし、お兄ちゃんと同じ部屋に泊まるつもりだよ？」


!?


僕は、少年マガジンばりに感嘆符疑問符《ビックリハテナ》を頭に浮かべた。

なんかひさびさだな、この感覚。

って、それどころじゃなくて。

なんで僕の部屋に!?

リノも同じ気持ちだったらしい。目を剝《む》いて、声を荒らげる。

「どうしてマサキと同じ部屋なのよ？　別の部屋に寝ればいいじゃない！」

「だってあたしはもう、お兄ちゃんの妹のつもりだし」

「血の繋《つな》がりなんか微塵《みじん》もないじゃない。だめよ、だめ」

「お兄ちゃんと一瞬だって離れたくないし」

「それを言うならわたしだって――ごほん。子供じゃあるまいし、だめだめ！」

「リノさあ、なんでそんなに反対するの？」

「だ、だって。……あなたたちがベタついていると意味もなくイラつくっていうか……じゃなくて、とにかくダメなんだから！」

必死に叫びまくる、リノ。

するとエルクデアは、しょんぼりして言った。

「お兄ちゃんとやってみたいこともあるのに」

「なにをやってみたいのよ？」

「交尾」


!?


再び、感嘆符疑問符《ビックリハテナ》を浮かべてしまった。

「エルクデア。いま、なんて言った？」

「交尾」

「聞き違いじゃなかった！」

僕は、ワナワナと震える。

なに言ってるんだ、この子は。

子供ですよ？　十二歳って言ってましたよね？

その歳《とし》であなた、そんな言葉をどこで覚えて――

しかもなんで、やりたがってるの？

「あたし、お兄ちゃんの子供が産みたい」

直球を喰《く》らった。

どてっ腹にデッドボールを食らった。

「ね、お兄ちゃん、一緒の部屋になろ。で、あたしと交尾をするんだ！」

「…………」

僕は、絶句するしかない。

そしてリノは、怪訝《けげん》顔だった。

「こ、こうび？　なにそれ？」

え、知らないの？

まったく知らないのもそれはそれで……でも、男がいない国だからなあ。

と、そのとき、ずっと黙っていたサキカが手を挙げた。

「そういえば、聞いたことがあります」

「知っているの、サキカ⁉」

「少しだけ。交尾とは男女が行うことで、それをすることで女性は妊娠、出産するのだとか」

……まあ、合ってる。

「私も本で得た簡単な知識しか知りません。……少なくとも数百年前。まだ魔法妊娠が盛んになる前は、オルスベール王国も男女が交尾することで子孫を作り、育てていたはずですが」

「そ、そう。そうなんだ。そうよね。昔は男性と女性で子作りしていたのよね。それは聞いたことがあったけど。そのためにするのが交尾……。ぐ、具体的にはどうするのかしら？」

「それはいま研究中です。しかし男女がこっそりやるものだとはわかっています」

「こ、こっそり」

「そう、こっそりやっていたそうです。だから文献《ぶんけん》にもあまり情報が残っていなくて」

「そうなんだ……」

リノとサキカは、真剣な顔で話し合う。顔が赤くなるような会話の応酬《おうしゅう》。

……でも、ちょっと深刻な話ではあるな。異性がいない時代が続くと、うまく伝承《でんしょう》していかなかったら、生殖活動という生き物にとって当たり前の知識さえ断絶してしまうわけだ。

真顔《まがお》のふたりと、考え込んじゃう僕。……そこへ、

「ぷっ。リノたちってば、そんなことも知らなかったの？」

　エルクデアが、ニタリと口角を上げながら言った。

　勝ち誇ったような表情。わお、この子、けっこうナチュラル畜生《ちくしよう》ね。

「つーか、エルクデアは知ってるんだね、交尾」

「そりゃもちろん。だってあたしは、エルフの父親と人間の母親から生まれたんだから。お母さんはもう死んじゃったけど、どうしてあたしが生まれたのかは教えてもらっていたよ」

「な、なるほど」

「でも、リノとサキカは交尾のことを知らない、と」

「「…………」」

「あーあ、そりゃまずいなー。交尾って男女の間でいちばん大切なことなのになー。それを知らないとか、それじゃ男の人を幸せになんかできないなー。だって男って、交尾がしたくてしたくて仕方がない生き物なんだもん。それなのにリノとサキカったら、ぷぷぷー」

「「……………………」」

　エルクデアの毒舌《どくぜつ》に、リノとサキカはぐうの音《ね》も出ず。

　しかし顔を真っ赤にしている。怒りに打ち震えている。

「ま、マサキ。ほんとなの？　男って、交尾がしたくてしたくて仕方がない生き物だって」

「……あー…………」

僕はリノから目をそらしつつ、

「…………まあ…………だいたい、そうだね……」

「!!」

がーん、という顔をするリノ。僕に否定してほしかったらしい。まあ気持ちはわかる。僕が肯定することで、エルクデアに知識で劣っているのが確定しちゃったからなあ。そりゃ、子供に知識で負けちゃうのが悔《くや》しいのはわかるけど。

でも、仕方ないじゃん！

ほんとの話なんだから！

九割の男は交尾が好きだぞ、たぶん！

「あーあ、リノって男のことも交尾のことも、ぜーんぜん知らないんだね」

「ぐ……」

「だったら黙っていてほしいなあ。交尾ってすごく大切で神聖なものなんだよ？　その意味も過程も結果も知らない人は、はっきり言って外野だから。あたしとお兄ちゃんのする交尾に口を挟《はさ》まないでほしいなあ」

「「…………」」

リノとサキカは、押し黙ってしまう。ところでエルクデア。僕は君と交尾をするとか一言も言ってないんだけど、こちらの意思は無視ッスか？

だが、そのときだ。

「ほ、ほほ、おほほほほ！」

ふいに、リノがおばちゃまみたいな笑い声をあげた。どうした、いきなり。

「なーんてね！　わたし、本当は男のことも交尾のこともめちゃくちゃ知ってるんだから」

「えっ……」

エルクデアは、目を白黒させる。

リノは、さらにニヤリと笑って言った。

「年上をナメちゃだめよ、ねえ、サキカ!?」

「こくこく！」

……ふたりとも、よせよ。強がっているのがモロバレで、見ていて悲しいぞ……。

「……ふっ」

エルクデアは、口許《くちもと》を歪《ゆが》ませる。

どうやら、お見通しって感じだな。そりゃそうだ。

「じゃ、リノ。交尾ってどんな風にすればいいか知ってる？」

「え？　ええと……」

リノは、一言もない。

だから言わんこっちゃない……。

エルクデアは、その場にあった椅子《いす》に腰かけると、脚《あし》を組んで腕まで組んで、

「まず、気を付けをするんだよね？」

高慢に、言い放った。

「そ、そうよ。まず気を付け」

「気を付け」

リノとサキカは、エルクデアの言ったことに従って気を付けをする。

「両腕を身体《からだ》の前でクロスさせて」

「言われなくても知ってるし！」

「ばっちりクロス」

「鼻息をフンフンさせながら」

「ふん！　ふん！」

「けだもののように鼻息を出すのがコツ……！」

「三べん回ってスライムカモォーン！　ウェルカム・マイ・ヒップ！　と叫ぶ！」

「くるくるくる！　スライムカモォーン！　ウェルカム・マイ・ヒップ‼」

「くるくるくる。スライムカモォーン。ウェルカム・マイ・ヒップ」

「…………」

「…………」

「…………」

「…………リノ、サキカ。……騙《だま》されてるよ」

「あっはっは！　リノたちったら、バァァアカみたい!!　ブワァァアカみたい！　スライムカモォーンって！　カモォーンって、そんなの男女でやるわけないじゃん思い切りスベってんぞバァァアアカ！　わかるだろ、フツー！　ギャッハッハッハー!!」

「殺してやる!!」

「地獄を見るがいい」

リノとサキカが構えを取る。エルクデアは、腹を抱えてげらげら笑う。

うん、まあ騙したエルクデアが悪いんだけどさ、リノとサキカも途中で気づいてほしかった。

つーかあの英語はなに。こっちの世界の言語が無理やり翻訳《ほんやく》されたはずだが、本当はなんて言ったのか気になる。スライム・ウェルカム・マイ・ヒップ。

ところで、僕の目の前では激闘が開始されている。

「『スレイプ』！」

「『デリート』」

エルクデアが使った眠りの魔法を、サキカが別の魔法で強制解除する。

おお、すごい。あれは敵の魔法を無効化する魔法か。

そうかと思うと、サキカは「『フレム』」と炎の魔法を使った。

　すると炎が三つの輪《わ》となって、リノの剣に巻きついていく。

　これはもしかして、合体技《わざ》？

「わたしの剣とサキカの魔法。ふたりの力を合わせた技。その名も炎舞剣《えんぶけん》。これを破ったモンスターはまだ一体としていないわ」

「くっ……！」

　エルクデアは、その技の威力《いりょく》を悟ったのか、ジャンプしてリノたちから距離を取る。

「エルクデア、あなたは強い。だけどひとりよ。……わたしたちは違う。人間は違う！　仲間たちと力を合わせて戦うことができる。それが人間の強さなのよ‼」

　おお、かっこいいぞ。リノの口上《こうじょう》に、しびれるものを感じる僕。

　スライム・ウェルカム・マイ・ヒップが発端《ほったん》の戦いでなければ、もっとかっこよかった。

「いくわよ、エルクデア！」

「負けるわけにはいかない！　いくよ、リノ！」

　炎舞剣と白銀のナイフ。

　それぞれの得物《えもの》を構えたふたりが、いよいよ激突する——と、そこで、

「やめろ」

　僕はリノたちの間に割って入り、二本の刃物を両手で受け止めた。

　ナイフが止まり、剣を囲んでいた炎の輪が霧消《むしょう》する。

「お兄ちゃん、すごい。あたしとリノの武器をあっさりと」

「まあね。……そうじゃなくて。こんなバカな争いはやめろ」

バカな、のところにちょっと力を込めました。

「だ、だって、マサキ。わたし、わたし」

「…………」

リノとサキカは、がっくりとうなだれた。

「ふたりとも、子供相手にムキになりすぎだよ。あんな魔法剣まで出して。エルクデアもエルクデアだ。これから、この国でお世話になろうっていうのに、リノたちを呼び捨てにしたり、馬鹿《ばか》にしたりして。謝りなさい。リノさん、サキカさん、ごめんなさいって」

「だ、だって」

「謝るんだ」

ちょっと本気で言った。

この子が妹で、僕が兄ならば、こういうことはちゃんと言わないといけない。

「……リノさん、サキカさん、ごめんなさい」

エルクデアは、ぺこりと頭を下げた。

それで、リノもサキカも表情が和《やわ》らぐ。

「……ま、そういうわけで。これからみんな、仲良くやっていこうよ。エルクデアも、部屋は僕とは別のところで――」

「それは嫌！」

エルクデアは、唾《つば》を飛ばして叫んだ。

「嫌。絶対に嫌。お兄ちゃんと交尾する！　あたしの気持ちは止まらないんだから！」

「エルクデア！」

「ねえ、お兄ちゃん。どうしても別の部屋になるなら――もうここでしよ？」

「え⁉」

「交尾。ここでするの！」

なん、ですと。

あまりの発言に、呆気《あっけ》にとられる僕。リノとサキカも、唖然《あぜん》とする。

エルクデアはひとり、とろんとした眼差《まなざ》しを見せた。ハァハァと、息まで荒くしている。あ、
なんだかヤバい。エロい顔だぞ、それ。ど、どうするつもりなんだ、エルクデア。やめろ――

そのときエルクデアは、僕の手をぎゅっと握った。

「はい、交尾」

…………え？

僕は何度かまばたきをした。

彼女は、顔を赤らめている。

「うふふ、ふふふふ。困るね、お兄ちゃん。あたしたち、交尾しちゃった。手を繋いじゃった。子供ができちゃう、あたし。うふふふふ」

「「……………」」

僕、リノ、サキカの三人は押し黙り――ややあって、言った。

「エルクデア、これはただの握手であって交尾じゃないよ?」

「そうよ。いくらなんでも、それは違うってわたしでもわかる」

「男性の身体を触るだけで子供ができるなら、私とリノ様はとっくに子供ができている」

「え⁉」

エルクデアは顔を凍《こお》らせた。

……どうやら、本当の交尾を知らなかったらしいな。

手を繋いだら子供ができるって、そう思っていたのか。

想像だけど、エルクデアのお母さんは、交尾のことを聞かれて、適当にごまかしたんじゃないかなあ。だって、エルクデアっていま十二歳だよ。お母さんが生きていたとき、この子は何歳だよって話だし。

……つまり、そういうわけで。

エルクデアは、お子様でした。

「…………ふっ」

「…………にやり」

リノとサキカは、思い切り勝ち誇ったニヤけ顔でエルクデアを見つめた。

別に勝ってはいないのだが……。

こういうときの人間の顔は、じつに醜《みにく》い。僕も気をつけよう。

で、肝心《かんじん》のエルクデア。……彼女はしばし呆然《ぼうぜん》としてから、

「うわあああぁぁぁぁぁぁん！　おかあさぁ――――――ん！」

泣き叫んで、部屋を飛び出していった。

あーあ、泣いちゃった、泣いちゃった。

エルクデアは畜生のくせにピュアな女の子だった。

ピュア畜生だったか……。

なお、エルクデアの部屋は僕と別室になりました。

【第十一話】……………その名はゼビュナス

Adifferent world that kills virginity

ハーフエルフのエルクデアが、人間の国、オルスベール王国に所属した。

——という話は、モンスターたちの間を一瞬にして駆け巡《めぐ》った。

「だからラ、ハーフエルフはだめだって言うんだヨ」

「しょせン、半分は人間だもんナ」

「裏切りやがっタ」

「裏切者には制裁ヲ」

「そうだ、制裁ヲ！」

場が、盛り上がる。

「……だけどよウ」

スケルトンが口を開いた。

「オルスベール王国には、例の『男』がいるそうじゃないか。伝説の『男』が本当にいるとしたら、オレたちじゃ到底《とうてい》かなわんゾ。エルクデアを倒すにしてもその『男』をどうにかせんといかン。そこはどうする？」

そのときだ。

「いい方法があル」

キングオークが重々しくつぶやいた。

おお……と、モンスターたちがざわつく。さすが兄貴分、という目で彼を見る。

キングオークは、ニタリと口角を上げて言った。

「お前たチ、ちょっと耳を貸セ」


「ふんふんふーん、ふふふんふーん♪」

朝風呂中の僕は鼻歌を歌っていた。

お風呂の中にはだれもいない。僕だけだ。

入口にも『マサキ入浴中　絶対に入るな』って貼《は》り紙したから、リノもサキカも他の女の子も、絶対に入ってこないもんね。

そんなわけでひとり風呂、満喫《まんきつ》中。

湯気を外に放出するための窓から、わずかに朝日が射《さ》し込んできている。

ああ、いい朝だ。すがすがしいぜ……。

「お兄ちゃん、おはよーっ！」

「ぶ⁉」

窓からエルクデアが顔を出したので、僕は仰天《ぎょうてん》した。

エルクデアはそのまま「ぴょーん！」なんて擬音《ぎおん》を口にしつつ、窓から浴室へと入ってくる。

「え、エルクデア。なんで僕がここにいるってわかったの？」

「屋根の上を歩いてたら、お兄ちゃんの声が聞こえたから」

「なんでそんなところ歩いてるんだよ」

「昔のクセなんだよね。子供のころはずっと木の上にいたの。高いところにいたら、人ともモンスターとも会わないいし、いじめられなかったからさ。だから屋根の上とか落ち着くんだ」

けっこうシリアスな理由だった。

「ていうか、すごく気持ちよさそうだね、お兄ちゃん。湯浴《ゆあ》みしてるの？　あたしも入るっ！」

「え、あ、おい……」

止める間もなく、エルクデアはすっぽんぽんになってお湯に入ってきた。

白磁《はくじ》のごとき素肌《すはだ》が眩《まぶ》しい。少女らしい凹凸《おうとつ》のないその肢体《したい》。しかし幼《おさな》さを感じるその双乳の先端には、淡い白桃《はくとう》色の乳首が上向いている。ほっそりとした二本の脚《あし》は、力を入れて触ったら折れてしまいそうなほどにか細いが、よくよく見るとそのふくらはぎは凛《りん》と張りつめている。肉の弾力を、視力で感じてしまいそうなほど、よい発育のナマ脚であった。僕はロリコンじゃないが、このふくらはぎの魅力にはちょっと抗《あらが》えそうにない。

……………い、いやいや。いやいやいやいや。

こんな子供になにを考えているんだ、僕は。

「エルクデア。男と女はふつう、同じお風呂に入らないんだよ」

混浴って文化もあるけど、それはこの際、置いておく。

「え？　そうなの？　でもモンスターたちは、オスとメスが一緒に温泉に入っていたよ」

モンスターにもあるのかよ、風呂文化。

ま、でもサルも温泉に入るからな。モンスターも入るか。

「人間とモンスターは違うさ」

「でも、あたしお兄ちゃんとお風呂に入りたいなあ。もっと人間の男のこと、よく知りたいし」

「知りたいって、なんで？」

「あたし、男と女のことは、よく知っていると思ってたんだよ。両親のこともあるし、モンスターのオスのことも、よく見てたから。……でも、この前、リノさんとサキカさん、ふたりと話したとき、そうでもなかったことがわかったから」

「まあ……そうだね」

「あたし、もっと男の人のこと、知りたい。そうしたら、お兄ちゃんに近づけるし」

「ち、近づいてくれるのは嬉《うれ》しいよ。ありがとう。……でも、その」

僕はエルクデアの、大きな瞳《ひとみ》を見つめながら、

「とりあえず、お風呂は一緒じゃなくていいんじゃないかな。入浴が別でも、男に詳《くわ》しくなれると思うし」

そう言うと、エルクデアは、ぱちぱち。

何度かまばたきをしてから、薄い笑みを浮かべた。

「でも、男の身体《からだ》を知るなら裸《はだか》の付き合いが一番だよ！」

ぐっ！　と、握り拳《こぶし》を作って叫ぶエルクデア。

たぶん何気なく出したセリフと行動なんだろうけど、いま僕の脳裏《のうり》にはなんの脈絡《みゃくらく》もなく、全身を油でテカテカにしたマッチョメンが「男の身体を知るなら裸の付き合いが一番だよ！」と叫びながら握り拳を作る光景が浮かんでいた。

言葉が妄想《もうそう》を生み出す。そういうことって、あると思います。

と、そんなアホなやりとりをしていた、そのときであった。

ヒュッ！　……ストン！

矢が飛んできて、壁に突き刺さった。

「な、なんだ⁉」

僕はびっくりしたが、よく見ると矢には手紙がついている。矢文《やぶみ》ってやつか。

開いた窓から、矢を撃ち込んできたのか？

僕は窓を睨《にら》みつけるが、そこにはもうだれもいなかった。

「なんなんだ、一体」

「…………」

エルクデアはお湯の中から出ると、矢のところまで行って、手紙を開いた。

「これ、あたしへの手紙だ」

「なんて書いてあるんだ？」

「…………」

エルクデアは、手紙をじっと読んでいたが、やがてニコッと笑うと、

「ごめん、お兄ちゃん。ちょっと用事ができちゃった。また今度ね！」

エルクデアはそれだけ言って、自分の服をひっつかむと、また窓から飛び出していった。

なにやら緊迫した空気が流れる中。

「……帰りくらい脱衣所のほうから行けよ」

僕は、とりあえずツッコんだ。

エルクデアは駆けていた。

もちろん、服はもう着ている。

手紙には、こう書かれていた。

『裏切者のエルクデアへ。ひとりで森の奥のほこらまで来い。来なければ、オルスベール王国の人間を殺す。闇夜《やみよ》にまぎれて殺していく。いかに男が強くても、闇討《やみう》ちにはそうそう対抗できまい。オルスベールの人間が何十人も死ぬことになるぞ。それが嫌ならば来ることだ』

(汚いやつら……)

エルクデアは舌打《したう》ちした。

正樹《まさき》やリノには頼れない。これは、自分がオルスベール王国に寝返ったことから起きた事件だ。自分ひとりで解決するのが筋《すじ》だ。

エルクデアは、さらに駆ける。小柄な身体を弾《はず》ませて、勢いよく疾走《しっそう》する。

やがてほこらの前に到着した。それは、何百年の昔からあるという石造《いしづく》りのほこらだ。

高さは一メートルくらいで、なにが祀《まつ》られているのか、エルクデアは知らない。モンスターたちもよく知らない。ただ、森の奥にあるということで、待ち合わせなどに使われている。その程度のほこらだった。

そのほこらの前。

キングオーク以下、モンスターたちが数十体、待ち構えていた。

さらに、もともとこの森にいたモンスターだけではなく、もっと小さいころ、何度も自分をいじめてきたやつらもいた。

　やがて、キングオークが言った。

「裏切者のハーフエルフ。制裁を加えてやル」

「なにが裏切者だよ。あたしはアンタたちのことを、仲間だなんて思ったことは一度もないよ」

「黙レ。……しょせん貴様は薄汚いハーフエルフ。不浄なる者ヨ、死ネ！」

　モンスターたちが、襲《おそ》いかかってきた。

　牙《きば》が、角《つの》が、くちばしが。剣が、斧《おの》が、長槍《ながやり》が。

　モンスターたちの繰り出す凶器を、エルクデアは必死に回避する。

（このっ……！）

　ナイフを取り出し、怒りを孕《はら》んだ構えを取る。

　腰を沈め、刃《やいば》をかざし、敵の肉体を切り刻《きざ》んでいく。

　しかし、数が違う。

　ひとりで数十体のモンスターと戦うのは、やはり無理があった。

　やはり、眠りの魔法を使うしかない。

「『スレイプ』！」

　呪文《じゅもん》を唱《とな》える。これで敵は、眠りに落ちるはずだ！

　だが――

「……効《き》かない？」

エルクデアは愕然《がくぜん》とした。敵のモンスターたちは、だれもが勝ち誇ったような笑みを浮かべつつ、仁王立《におうだ》ちのままである。魔法がまったく効いていないのだ。

「馬鹿《ばか》メ！　知らなかったカ？　このほこらはナ、なんと封印《ふういん》のほこらなんだヨ」

キングオークが、ニヤけながら言った。

「なにが封印されてるか知ってるカ？　お前も名前くらいは聞いたことがあるだろウ。なんと、あの『ゼビュナス』なのダ」

「……ゼビュナス……」

「そうダ、かつて破壊の限りを尽くした魔獣《まじゅう》ゼビュナスダ。そんな化け物が封印されたほこらなんダ。二度とゼビュナスが出てこないようニ、このほこらには厳重に、封魔《ふうま》の力が込められていル。……すなわチ！　このほこらの近くじゃ、魔法は封じられるのヨ！」

「そ、そんな――きゃあっ！」

エルクデアは、キングオークに胸ぐらをつかまれた。

キングオークは右手に、剣を持っている。

これから、どんな運命が自分を待っているのか。

考えるまでもなく明白だった。

「くたばれ、不浄なる者《ハーフエルフ》」

キングオークが剣を振りかざす。

（……お兄ちゃん！）

エルクデアは、思わず心でその者を呼んだ――

「ちょっと待った！」

声がした。

ぴたり。キングオークの動きが止まる。

「……いいタイミングだったな。大丈夫か、エルクデア」

聞き覚えのある、低い声音《こわね》。涙が出るほど温かい、その声。

顔を上げると、そこには、正樹が立っていた。リノとサキカも隣にいる。

「て、てめえらはオルスベール王国の人間どモ！　どうしてここがわかったんダ！」

「においでわかった」

サキカが、自分の鼻を指さして言った。

「エルクデアはオルスベール王国から出ていく直前、温泉につかっており、その後、ほとんど身体も拭《ふ》かないままに移動していた。だから全身から、硫黄《いおう》のにおいが漂っている」

「え……」

エルクデアは思わず自分の身体のにおいを嗅《か》いだ。

言われてみれば、程度の香りだ。

これでにおいから追跡などできるのか？

「魔法がある」

サキカは、エルクデアの疑問に答えるようにして言った。

「クンカクンカという、鼻の能力を強化する魔法。これでエルクデアの硫黄の香りを追った。もっとも、そのほこらの力で、もう魔法は解除されてしまったけど」

「……と、いうわけだ。手紙を見たときのエルクデアは普通じゃなかったからな。サキカに頼んで、居場所を調べてもらいここまでやってきたんだよ。案の定、ピンチだったみたいだな」

「お兄ちゃん、逃げて。いくらお兄ちゃんでも、これだけの敵を相手にするのは――」

「――そうだな。正直、怖い。いまだって、額《ひたい》に汗《あせ》が浮かんでいるくらいだ」

そう言っている正樹は、確かに玉のような汗を浮かべていた。

「だけどね、エルクデア。僕は君を助けに来たんだ。怖いけどさ。恐ろしいけどさ」

言いながら正樹は、

「でも、君は僕のことをお兄ちゃんと呼んでくれた。僕にとって、君は妹だ。だから――」

しかし確かにぐっと、拳を強く握りしめて、

「必ず助ける！」

叫ぶが早いか僕は地を蹴《け》り、まずはエルクデアの胸ぐらをつかんでいるキングオークへと飛びかかる。

そしてそのまま、ガツン！　と敵をブン殴って、エルクデアを救出した。

それから、すぐに彼女を抱きかかえると、リノのところに舞い戻ったのだ。

「お帰り、マサキ」

「ただいま、リノ。エルクデアを取り返してきたよ」

「見ればわかるわよ。あとはこの子を守りながら退却するだけね」

「リノさん。……あたしを守ってくれるの？　一度は敵として戦ったのに？」

「わたしはもうあなたを、仲間として、オルスベール王国の民として認めたのよ。それまでのいきさつがどうであろうと、一度、同じ国の仲間として認めた人を、わたしは見捨てないわ」

「……リノ様はそういうお方です」

サキカが、小声で言った。

エルクデアは、さらに眼《め》を涙でいっぱいにしながら微笑《ほほえ》んだ。

「リノさん。サキカさん。……ありがとう」

そんなエルクデアを見て、リノとサキカは、小さくうなずいた。

いろいろあったけど、この三人は仲間になれたんだと思う。……よかった。

「さて、あとはこの状況をどうするかだけど」

僕は目の前に立ち並んでいるモンスターたちを、ぐっと睨みつけた。

モンスターたちは僕を見て、一瞬ひるむ。

「こいつ、伝説の『男』だロ？」

「ああ、強いらしいゼ」

「……だけどヨ、これだけのモンスターを相手に勝てると思ってるのカ？」

ひるんだモンスターたちは、しかしやがて、ヘラヘラと笑い始めた。

「しょせんエルクデアとつるんでる程度のやつだゼ」

「おウ、ガキのころからワンワン泣いてたあのハーフエルフのナ」

「それだけでこの『男』の器《うつわ》ガ、知れるってもんだナ」

やっぱり、襲いかかってくるか。戦うしかなさそうだな。

「リノ、サキカ。……エルクデアを頼む。僕がなるだけモンスターを倒す。その上で、敵のスキをついて逃げ出そう」

「それはいいけど――でもマサキ。あなたの実力があれば、こいつら全滅させられるんじゃない？」

「男であるマサキ様なら、確かに可能」

「お兄ちゃん、めちゃくちゃ強いもんね」

「……お褒《ほ》めにあずかり光栄だけど」

僕はこの期《ご》に及んでも、自分の実力が信じられない。

長い間、地球で大したことない人間だったからなあ。

自分に自信を持つなんて、無理ってもんだよ。

……いまだにリノの想いに対して、応《こた》える勇気も持てないし。

とはいえ――

「それじゃア、ブチ殺セッ！」

「おおッ！」

「死ねやァ！」

モンスターたちが、いっせいに飛びかかってきた。

こうなったら、戦うしかない。やるしかない。

「うおおおおおおおおおっ！」

僕は、せめて敵を驚かしてやろうと大声をあげて――

そのまま、モンスターたちと戦い始めた。


――一条《いちじょう》正樹の内心とは裏腹《うらはら》に。

無双《むそう》が、開始されていた。

正樹の戦闘力はすさまじく、スライムを殴り、ゴブリンを蹴り、ミノタウロスを叩《たた》き伏せ、スケルトンを貫《つらぬ》き砕《くだ》く。ちぎっては投げ、ちぎっては投げ――これが伝説の『男』の強さかと、モンスターたちを戦慄《せんりつ》させた。

（じ、冗談じゃねエ……）

モンスターのひとり。ここにエルクデアを呼び寄せた張本人であるキングオークは、正樹の戦いぶりを見て、恐怖に震えていた。

（『男』が、あんなに強かったなんテ）

森の兄貴分として威張《いば》っていたころの風格は、もはや微塵《みじん》もなかった。

（化け物メ。化け物メ。化け物メ……！）

――化け物？

キングオークはふと気がついた。

後ろをそっと振り返る。

封印のほこら。

魔獣『ゼビュナス』が何百年も前に封印されたというその場所。

『ゼビュナス』は、昔、人間の男が何百人でかかっても敵《かな》わなかったという化け物だ。

（化け物には化け物……！）

キングオークは『ゼビュナス』を復活させる方法を知っていた。この封印のほこらの前にエルクデアを呼び寄せると決めたとき、このほこらについていろいろと調べたのだ。

（そうダ。封印を解けばいイ。そうすればあのマサキとかいうやつを倒せル）

『ゼビュナス』はモンスターさえも襲う魔物だったという。

だから、そこは気をつけないといけないが――

（まア、なんとかなるサ）

『ゼビュナス』にマサキを殺させたうえで、もう一度封印すればいい。

キングオークは安易にそう考えた。

そして――

「『ゼビュナス』！」

キングオークはほこらに駆け寄った。

「出《い》でよ、『ゼビュナス』。呪《のろ》いよ解けよ、いま再び現世に復活するがいい。アルス・カロス・パオス・ミロ！」

それが解呪《かいじゅ》の呪文であった。

キングオークの叫びを、正樹もリノも、サキカもエルクデアも、他のモンスターたちでさえも、ぽかんとして見ていたが――

そのとき、地響きが始まった。

【第十二話】……男の戦い

僕は思わず、周囲を見回した。

ズン、ズン、ズン……。小気味《こきみ》よいドラムのような音が響く。大地が震え、木々が揺れる。

僕が殴りまくったモンスターたちは、だれもが白目を剝《む》いてその場にぶっ倒れている。

ほこらの前に佇立《ちょりつ》している、キングオークを除いて。

「お、おい、お前。なにをしたんだ！」

問いかけると、キングオークは、ニタリと口角を上げて答えた。

「ゼビュナスの復活ダ」

「なに……？」

ゼビュナスって、リノが言っていた昔の怪物――うわっ⁉

地べたが揺れた。ほこらが崩《くず》れ落ちていく。

その中から――

《グウォ……オオオ……オォォォ……》

ドラゴンが、登場した。

中から身長四十メートルはあると思われる巨大竜。

そのあまりの大きさに、僕はもちろんリノたちも口をぽかんと開く。

「ゼビュナスヨ！」

キングオークが叫んだ。

「よくぞ目覚めタ！　さア、ここにいる人間どもが標的だ。ぜひお前の力で倒してくレ！」

その叫びが聞こえたのか。

ゼビュナスはゆっくりと、その首をこちらに向ける。

《我が眠りを呼び覚ましたのは貴様か》

くぐもった声が聞こえてきた。おそらくゼビュナスの声だろう。

不思議なことだが、このドラゴン、口を開いてはいないのだ。だが、それでも声がしっかりと聞こえる。僕らの心に直接話しかけてきているのだろう。たぶん、テレパシーみたいな感じで。

「そうダ、ワシがお前を復活させタ。ワシはお前の大恩人ダ。封印《ふういん》を解いてやったのだからナ。さア、ワシの命令を聞いテ――」

《我《われ》はだれの命令も聞かぬ》

「え」

《我は我が衝動に従うのみ》
ゼビュナスは、後ろ右足を上げた。
かと思うと、その足を急に下ろして、
「ぎゃ、うぁ⁉」
ブチュッ‼　……うわっ！
ゼビュナスはなんと、キングオークを踏み潰《つぶ》してしまったのだ。
自業自得《じごうじとく》ではあるが……みじめな最期《さいご》だ。
「グオオオオオオン！」
ふいにゼビュナスは、咆哮《ほうこう》した。
今度はテレパシーじゃない。本当の声だ。
空さえ裂けそうなほどの怒号《どごう》である。そして、その大声のあとで――
シュッ、ゴオオオオォォ……！
ゼビュナスは光線を吐き出した。
一筋の光は彼方《かなた》まで届き、連なっている山岳《さんがく》、その一部が派手《はで》に吹っ飛んだ。
暴風があたりに吹き荒れる。砂や小石があたりを飛び交《か》う。
「グオオオオオオオオオオオオオオッ‼」
ゼビュナスは、また吼《ほ》えて光線を吐いた。

今度は海に向かって光が伸びる。数瞬ののち、木々の隙間《すきま》からかすかにちらついている彼方の海が、派手に水柱《みずばしら》をつくったのが見えて――って、マジかよ。

僕はただ、口をあんぐりと開けた。

怪獣だな、まるっきり……。

昔の男が何百人でかかっても勝てなかったというのもわかる。

これはちょっと規格外だ。本能で理解した。

「グオオオオオオオオオオオオォォン!!」

ゼビュナスはもう一度、高らかに吼えた。

それから、ゆっくりと歩いていく。

あの方向は――

「オルスベール王国！」

リノが叫んだ。……そうだ、あっちには王国がある！

まずい。このままじゃ、オルスベール王国がゼビュナスに襲《おそ》われる。

「……くそっ！」

僕は吐き捨てるようにうめいた。

周りを見る。ゼビュナスが復活して、森の木を踏み潰したせいで、あたりは嵐のあとみたいに荒れまくっていた。サキカとエルクデアも倒れてしまっている。恐らく、先ほどの暴風で吹っ飛んで気絶したのだろう。胸が上下しているので、死んではいないようだけど。

オルスベール王国も、こんなふうになってしまうんだろうか。学校で教えた子供たちも、一緒に温泉につかった女兵士たちも、街で言葉を交わした女性たちも、あのリサイクルショップのおばあちゃんも。みんなみんな、ゼビュナスに吹っ飛ばされてしまうんだろうか。

全身が強張《こわば》った。恐怖と絶望に、身がすくむ。

「マサキ」

リノが声をかけてきた。

見たところ、細かいキズを負ってはいるが、とりあえず彼女は大事ないようだ。よかった。

「マサキ。……サキカとエルクデアは気を失っているわ。ふたりのこと、任せていいかしら」

「任せて……って、リノ、どうするつもりなんだ？」

「知れたことよ。オルスベール王国に戻って、ゼビュナスと戦《わざ》うわ」

「無茶だ！　……な、なにか策はあるのか？　あいつを倒す技とか作戦は――」

「そんなもの、あるわけないわよ。……なんの策もないわ。思いつかない」

「冗談だろ⁉　あいつは……ゼビュナスは、きっとめちゃくちゃに強いぞ。男が数百人がかりでも倒せなかったって伝説を、前に僕に話してくれたのはリノだろ⁉」

「わかってるわよ。だけど、わたしが行かなくてどうするの！」

「ッ！」

「わたしはリノ・オルスベールよ。オルスベール王国は、わたしが守る。行かなきゃいけない。こうしてる間にも、ゼビュナスはオルスベール王国に近づいている。……あいつに追いついて、戦うのよ。王国を守るために！」

「……リノ！」

僕は彼女の名を呼んだ。

続けて、叫ぼうとした。

僕も行く。僕も戦う。そう言いたかった。

だけど。……なぜだか、声が出なかった。声帯が震えて、肝心《かんじん》のセリフが言えない。

どうしてなんだ。こんな肝心なときに、なんだって僕は、自分の身体《からだ》を動かせないんだ。

「……マサキ」

そんな僕を、リノは細めた眼《まなこ》で見つめてくる。

「マサキ、いいのよ」

いい？　なにがいいんだ、リノ。

「……ありがとう、マサキ。これまでオルスベール王国のために頑張ってくれて。いまも、わたしのために戦おうとしてくれて。……それだけで、本当に嬉《うれ》しい」

「…………」

「ね、マサキ。聞いてくれる？　わたし、最近、ずっと変だったのよ。自分が自分でないみたいに、おかしくなるときがあるの。ちょっと前から、あなたと一緒にいるだけですごく胸が高鳴って、切ない気持ちになって。マサキに裸《はだか》とか見せたくなくなったし、他の女の子とあなたが一緒にいると、なんだかイライラしちゃってさ。……変よね？」

知っている。わかっている。……そう、わかっていたんだ。

リノがいつからか、僕のことを男性として意識しはじめていたこと。

異性愛を概念として知らない彼女。それでも僕に対して、言葉にできない想いを抱いてくれた彼女。僕はそれに気づいていながら、今日までその想いに対してなにも行動できなかった。

そしていま。……この土壇場《どたんば》になって、彼女のほうがその気持ちを打ち明け始めた。

リノが――リノがいきなり、自分のことを語り出した理由。それは、恐らく――

「わたし、マサキを死なせたくない。だから、ここにいて。オルスベール王国は、わたしが守るから。絶対に来ないでよ？」

恐らく、死を覚悟したからだ。

そう、リノはわかっているんだ。

自分の力では、ゼビュナスに絶対に勝てないって。

それでもなお、国を守るために戦いを挑《いど》むつもりなんだ……。

「じゃあね、マサキ。サキカとエルクデアのこと、よろしくね」

リノは僕に背を向ける。

剣をたずさえて、オルスベール王国に向かおうとする彼女。

ゼビュナスと比べるには、あまりにも小さく、弱々しい少女。

「リ……！」

リノ！　……待ってくれ！

そう叫ぼうとした。だが身体がすくんで動かない。

叫びたいのに、声が出ない。なぜだ⁉　どうしてだ⁉　どこまでヘタレなんだ、僕は！

動けよ、僕！　ここで動かなきゃいつ動くんだ！　一生、死ぬまで後悔するぞ⁉

必死になって、肉体を前へやろうとする。それでも僕は動けなかった。情けない！

だが、そのときだ。視界の片隅《かたすみ》で、サキカとエルクデアが倒れているのが目に入った。

その瞬間、ふいに記憶がよみがえる。僕はかつて、彼女たちの悩みを聞いた。最初は打ち明けてくれなかったけど、やがてふたりは僕に、自分たちの抱えている哀《かな》しみを吐露《とろ》してくれた。

そのとき僕は、サキカとエルクデアになんて言った？

——サキカ、こっちの肩を叩《たた》いてみてよ。ほら、勇気を出して。

——よかったら理由を話してくれ。……勇気を出して、打ち明けてくれ。

勇気。シンプルな、たったひとつの単語。いま、この僕に足りないもの。

「リ……リ、リ、リ……リ——」

名前。名前を呼びたい。彼女の名前を。

声を出せ。勇気を出せ。サキカたちは勇気を振り絞《しぼ》って、声をあげてくれたんだぞ。彼女たちは動いたんだ。僕はどうだ。黙りっぱなしか？　頑張れよ！　声を出せよ!!

ヘタレのままでいいのかよ！　――一条正樹《いちじようまさき》ッ!!

「――リノオオオオオォォォォォォォオオオオオオオオォォッ!!」

……声が出た。

腹の底から、喉《のど》が裂けんばかりの吼声《おたけび》。

その声を聞いたリノは、立ち止まる。振り向く。

「……マサキ？」

「リノ」

僕は、怪訝《けげん》顔で振り返った彼女に向かって、近づいていく。

かすかに汗《あせ》をかいていた。けれどもう、身体はすくんでいなかった。

「リノ、ありがとう」

会話ができる距離まで接近したあと、僕は言った。

「僕のことを大切に思ってくれて、嬉しかった」

「マサキ」

「ねえ、リノ。僕も言うよ」

　自分でも驚くほど落ち着いた声で、語る。

「僕はさ、違う世界から来たって言っただろう？　だけどさ、僕は……元の世界にいたとき、決して幸せじゃなかった。だれにも自分の存在を認めてもらえない。自分なんかこの世界にいても仕方がないって、そう思っていたんだ。——だから」

　そこで、少しだけ声を低くした。

「だからこの世界に来て、リノに認めてもらえて、オルスベール王国で過ごせて、みんなと仲良くやれて。……愛されて。僕は凄《すご》く楽しかった。嬉しかった。だから」

　はっきりと言った。

「この世界をいま、守りたい」

「……！」

　リノの瞳《ひとみ》が大きく開いた。

「君が僕を死なせたくないように、僕もリノを、みんなを、死なせたくないから」

「…………」

「大丈夫。ゼビュナスを倒してくるよ。僕は負けない」

「勝てるの？　あの怪物に？」

「もちろん」

僕は断言した。

さっきと状況は変わっていない。なんの作戦も思いついていない。

それなのに、不思議だ。勇気がどんどん湧《わ》いてくる。

必ず勝つ。胸を張ってそう言えた。

「リノ。ここに残ってほしい。ゼビュナスは僕が倒す」

「マサキ」

「君は、僕が守る」

僕が男として世に生まれ、男としてこの世界にやってきた理由がわかった。

いまの言葉が、すべてだ。


僕は駆けだした。

ゼビュナスは巨大だ。すぐにその姿を視認できた。

オルスベール王国に、ゆっくりとした足取りで近づいている。あと十分もすれば、王国が見えてくるだろう。——だが、そうはさせない！

「待てぇ、ゼビュナス！」

叫ぶが早いか、僕はゼビュナスの背後から飛びかかり、全力パンチをその背中にブチ込んだ。
ズ、ズウ、ン……。ゼビュナスはこの一撃によって、思い切り前のめりに転倒する。

もちろん、倒すには至《いた》っていない。ただ不意打ちで転ばせただけだ。

《フ、フハハハ……》

声が聞こえた。

地獄の底から響いてくるような、不気味な声。ゼビュナスだ。

《先ほどもいたな、人間の男よ。健気《けなげ》にも我と戦うというのか。かつてと同じように、我の前に立ちはだかるのはやはり男というわけか》

「………」

《だが、たったひとりでなにができる？》

「やってみるさ……！」

やがて、ゼビュナスが立ち上がった。

そして敵意を剝き出しにしながら、鋭い爪《つめ》を有した両手を繰り出してくる。

「くっ……！」

僕は側転《そくてん》とバク転を繰り返して、きりもみ状態になりながら敵の攻撃をかわし続けた。立ち止まったらいい標的になる。そう思ったのだ。

《フハハハ……！　頑張れ、そら、頑張れ。フハハハ……！》

耳障《みみざわ》りな笑い声と共に、前腕を振るい、しっぽを巻き上げ、攻撃してくる。

かと思うと、

《そうら》
シュッ、ゴオオオオォォ！
「うわっ！」
熱光線を吐き出してきた。すんでのところで回避する。
僕の背後で、大地が大きく削《けず》り取られ、森林が燃え上がったのがわかった。
……強い。やはりこれまでの敵とは桁違《けたちが》いの戦闘力だ。だが。
「負けるわけにはいかない!!」
《無駄だ、無駄！》
ゼビュナスは、さらに光線を発射してくる。
《過去、どれだけの男が我の前に敗北したと思う?》
「知るか！」
《五百人だ。五百人の男が同時にかかってきても、我を倒すことは叶《かな》わなかったのだぞ》
「……そうかい！」
《ハハハ……あきらめよ！》
ゼビュナスの耳障りな笑い声が、心に直接響いてくる。
叫び返すこともできず、僕は、光線をかわすだけで精いっぱいだった。
上体を仰《の》け反らし、あるいは下半身をひねらせながら、回避運動を繰り返す。

まだダメージはなかった。だが、このままではいつか体力が尽きてやられてしまうだろう。

しかし攻撃をしても、ゼビュナスを倒すことはできそうにない。

くそっ！　どうすればいいんだ！　僕ひとりじゃ、どうあがいても勝てないのか⁉

と、そう思ったときだった。

……ひとり？

ひとり、だと？　ひとりじゃ、勝てない……？　と、いうことは……？

僕の中に、ふいに浮かんだ考えがあった。脳裏《のうり》に浮かんだそれは、できるかどうかわからない作戦《アイデア》。

だが、やってみる価値はある策だった。

「よし……！」

低い声で紡《つむ》ぎ出す、決意の声音《こわね》。

すう、と息を吸う。はあ、と息を吐く。……そして数秒の間を置いて。

「──いくぞオオオォォォォ！　うおおおおおおおおおおおおおおおおおお‼」

僕は、極《きわ》めて低い音で、声を吐き出し始めた。

それと同時に、僕の全身を強烈な熱が覆《おお》いだす。

そう、これは、魔力を高める低い声だ。

「オアアアアアアアアアアアアアアアアアアアアアアアアア……！」

サキカと魔法を使ったときのことを思い出しつつ、絞り出すように叫ぶ。
《なんのまねだ》
ゼビュナスが、ほくそ笑むのがわかった。
《そんな程度で、我を倒せると思うのか……》
ほざいてろ！
「オオオオオオオオオオオオオオォォォアアアアアアアアア！」
もっとだ、もっと声を出せ。
二度としゃべれなくなってもいい。
声が嗄《か》れても、叫び続けるんだ！
《魔法を使う気か？　よかろう、やってみろ。どんな魔法でも我を倒すことはできぬ》
ゼビュナスの、侮蔑《ぶべつ》したような声を聞きながら。
僕は精神の統一を始めた。
気持ちを落ち着け、心を安らかに。
増幅した魔力を、一気に解き放つのだ。
使う魔法はただひとつ。実際に使ったことはないその魔法。
しかしぶっつけ本番だが、きっとできる。僕ならできる。
自分に自信を持て。僕ならやれる、僕ならば、僕ならば！

神よ。この世界におられるという、かつて男たちに祝福を与えたという神よ！

どうか、僕に力をお与えください。リノを守る力を。大切なひとを守るだけの力を！

……いくぞッ!!

「──『イマージ』ッ!!」

そう、それはイメージを実体化する、実体化の魔法。

サキカがヒゲソリを生み出した魔法だ。

あのとき、誕生したヒゲソリは何千個もあった。

すなわち、この魔法は同時にたくさんのものを実体化することができるわけだ。

それなら、できると思ったのだ。


一条正樹を、大量にこの世に作り出すことが。

《な……!?》

さすがのゼビュナスも、絶句していた。そりゃそうだ。

目の前に、僕が──何千人も出てきたのだから！

「待たせたな、ゼビュナス」

僕ではない、別の一条正樹が言った。かと思うと、他の正樹たちも続いてしゃべる。

「これからはこっちのターンだ」「お前はさっき言ったよな」「たったひとりでなにができる」「五百人の男でも、我には敵《かな》わなかったのだと」「だけど、見てみろ」「僕らは五百人なんかじゃない」「五千人以上、いるんだぜ」「何千人もの、一条正樹さ」

ぺらぺらとセリフを口にする僕たち。まるで分身の術である。

『イマージ』の魔法を使った理由は、非常に簡単なことだった。

ゼビュナスが、ひとりじゃ無理だ、ひとりじゃ勝てない、なんて連呼《れんこ》するもんだから、ふと思ったのさ。

僕が増えれば、勝てるんじゃないか。

そして僕を増やすには、実体化魔法を使えばいいんじゃないか。

それだけのことさ。

《こ、こんな魔法の使い方があるか。非常識な！》

「怪獣に常識を説教されたくないな」

僕はニコッと笑って言った。どうやらゼビュナスと戦った昔の男たちでも、『イマージ』の魔法をこういうふうに使うことは思いつかなかったらしい。

ま、普通、自分を増やそうとか思わないからな。

——さて。

「ゼビュナス」「覚悟は」「できているよな？」「お前を倒すぞ」「絶対に倒す」

《た、たかが人間が……ほざけーッ!!》

ゼビュナスが、光線を発射した。

だが、「『フレム』！」数百人の僕が炎の魔法をぶっぱなし、ゼビュナスの光線を相殺《そうさい》する。

さらに、僕らは飛びかかった。ある僕はゼビュナスを殴り、ある僕はゼビュナスを蹴《け》り飛ばし、ある僕は炎の魔法を使い、ある僕はゼビュナスに体当たりをしかける。

何千人もの『男』に、一斉《いっせい》攻撃されるゼビュナスはたまらない。

《ウオオオオオォォォォ……！》

ゼビュナスは、怒号をあげながら暴れる。しかし複数の僕には敵わない。

戦況は、ゼビュナスの圧倒的劣勢。すなわち僕らの優勢だった。

ゼビュナスはやがて、ズズン、と大地に膝《ひざ》を突く。弱っているのだ。

「よし、いまだ。いくぞ、みんな！」

僕が叫ぶと、それを合図として、数々の一条正樹たちが「おう！」と高らかに声をあげた。

さあ、ゼビュナスを倒そう。僕を必要としてくれた、この世界を守るために。

サキカやエルクデアや、オルスベール王国の女性たちを守るために。

そして――リノ・オルスベールを守るために！

僕の強さの秘訣《ひけつ》、知りたがっていたね、リノ？

これが秘訣さ。

守りたい！

その気持ちだけで人間はきっと、どこまでだって、強くなれるんだ!!

「みんな、全力で炎の魔法を放つぞ！」

《人間どもが！　男が!!　くそがあああァァァァ!!》

「いくぜ！　せーのっ――」

僕らは同時に、両手を突き出して叫んだ。

「「「「「『フレム』!!」」」」」

爆炎。――天まで焼き尽くさんとする、圧倒的な炎の柱が噴《ふ》きあがった。

光を帯びた強力な火炎が、ゼビュナスを焼き焦《こ》がしていき、ついには溶かし始めていく。

やがて、爆風――

「オオオオオオオオオオオォォォアアアアアアアアアア！」

テレパシーではない咆哮をあげながら、ゼビュナスは激しく悶《もだ》え苦しみ、何度も何度も地団《じだん》太《だ》を踏み。

やがて――炎と共に、光り輝いて消滅した。

伝説のモンスターは、倒されたのだ。

「……やった」「……倒した」「ああ」「勝ったな……」

複数の僕らは、それぞれ感想を述べながら、ニヤリと笑った。

僕らは守り抜いたのだ。

オルスベール王国を。

大切な仲間たちを。

――そして、リノを。


それからは、後始末《あとしまつ》。

「『デリート』」「『デリート』」「『デリート』」「『デリート』」

一条正樹たちは、お互いに魔法をかけあっていく。

別の魔法を無効化する魔法だ。サキカがエルクデアと戦ったときに使っていた魔法ね。

魔法によって生まれた一条正樹たちが、どんどん世界から消えていく。

「……『デリート』」

やがて最後に残った一条正樹を、僕が消すことで、この世に正樹は僕だけになった。

「ふうっ……」

さすがにくたびれ果てた僕は、その場にばたんと倒れ込んだ。

青い空が目に染《し》みる。風がこの上なく気持ちいい。

「マサキ！」

そのとき遠くから、声がした。

最後の力を振り絞って、そちらに顔を向ける。

リノとサキカとエルクデアが、走ってくるのが見えた。

「マサキ！　あなたって人は、あなたって人は――ゼビュナスを、倒したのね⁉」

「うん。……まあ、なんとか倒した」

「無茶をして！　ゼビュナスを倒したってマサキが死んだら、わたし、全然嬉しくないわよ！」

「……リノ。ありがとう」

もう、それだけ言うのがやっとだった。

意識が、じわじわと遠のいていく。

最後の瞬間、リノが僕の名前を呼んでいるのがわかった。

だが、もう動く体力も答える気力も、残っていなかった。

僕はゆっくりと目をつぶり、やがて意識を失った。

【エピローグ】

「…………ん……」

目を覚ますと、そこは自分の部屋だった。

……僕は、生きてるのか？

「つっ……！」

身体《からだ》の節々《ふしぶし》が痛んだ。

生きてはいるが、身体はくたびれ果ててるな、こりゃ。

そして、すぐ隣に気配を感じた。

「すう……すう……」

リノが、枕元で眠っている。

どうしてリノが、僕の部屋にいるんだ？

疑問に思っているところへ、サキカとエルクデアが入室してきた。

「マサキ様！」

「お兄ちゃん！　意識が戻ったんだね！」

「うん、どうやら助かったみたいだ。心配をかけて悪かった」

「ほんとに心配したよ、お兄ちゃん！　もう三日も眠っていたんだよ⁉」

「三日も……？」

「その通りです。マサキ様は、回復のためにずっと睡眠をとっておられました」

「マジか……」

まあ、あんな分身まがいの魔法を使えばな。魔力もめちゃくちゃ高めたし。

あ、ノドもちょっと痛い。低い声で叫びすぎたか。

「常人《じょうじん》ならばとっくに死んでいるレベルでした。さすがはマサキ様」

「お兄ちゃん、強いっ！」

サキカたちは、手を叩《たた》いて僕を賞賛してくれた。

……強い、か。確かに、そうなんだろうけど。

でも、僕だけの力じゃないよな。

サキカとエルクデアからは、勇気をもらった。

リノを守りたいという気持ちが、力を生み出してくれた。

彼女たちのおかげで——いま目の前にいる女の子たちがいればこそ、勝てたんだよな。

特にリノを。……彼女を、守りたくて……。

「マサキ様、リノ様に感謝するべきです。三日三晩、不眠でマサキ様の看病を続けられました」

「え、リノが？」

「すごかったです。『マサキが死んだら、わたしも生きてる意味がない！』と、泣きながらそう言っていました。マサキ様の回復は、リノ様の必死の看護のおかげかと」

「あたしは薬草を取ってきたし、サキカさんも回復魔法を使ったけどね。……でも、リノさんの献身《けんしん》は、悔《くや》しいけど本当にすごかったよ。尊敬できるくらいにね」

「……リノ……」

金髪を乱して、突っ伏しているリノを見つめる。

こんなになるまで、僕を看《み》ていてくれたのか。

……そのとき、僕のお腹《なか》がぐうと鳴った。

「マサキ様、お食事を持ってきましょう」

「お兄ちゃん、眠りっぱなしで気持ち悪いでしょ。目覚ましにおしぼりを持ってくるよ！」

サキカとエルクデアは、それぞれそう言って退室した。

室内は僕とリノだけになる。

僕はリノの金髪をそっと撫《な》でた。

「リノ。……ありがとう」

するとそのときだ。

「……マサキ？」

リノはゆっくりと、目を開けた。

かと思うと、がばっと跳《は》ね起きて、

「マサキ、目を覚ましたの⁉」

「うん。いま起きた」

「バカ！　もう目を覚まさないかもって……死んじゃうのかもって思ったじゃないの！」

リノは大粒の涙を流し、ひっく、ひっくと上《うわ》ずった。

「昔みたいに……伝説みたいに、命と引き換えに敵を倒したのかもって……ゼビュナスと、相打ちになったんじゃないかって……わたし、わたし。……わたし、マサキがいなくなったら、もう、どうしたらいいか……」

「ごめん、心配かけて」

僕は謝りつつ、薄い笑みを浮かべながら、リノの涙を指先でぬぐう。

不思議だ。疲れ果てているはずなのに、なんだかとてもさわやかな気持ちだよ。

たまらない居心地《いごこち》の良さを感じた。世界に祝福されている気がする。愛されている、という実感があった。ここが自分のいるべき場所だという、絶対的な安心感が――

「リノ、もう泣くなよ。みんな生き残ったんだ。ハッピーエンドなんだ。ほら、笑って」

穏《おだ》やかに告げる。

するとリノは、涙をごしごしとぬぐったあと、

「マサキ。……ありがとう」

そう言って、会心《かいしん》の笑みを見せてくれた。

窓から見える青空をバックに、映《は》える金髪を揺らしながら微笑《ほほえ》むリノは、とても綺麗《きれい》で。

その笑顔は、これからも、力になりたいと思うには充分な笑み。

あまりの愛らしさに、胸がもっと、もっともっと、ドキドキしてしまう。

そうだ、この笑顔が始まりだった。リノと出会い、にっこりと笑みを向けられたから、僕はこの国にやってきて、ついにはゼビュナスと戦って――

まったく、女の子の笑顔ひとつのために、命を削《けず》ることになるなんてな。

まあ、いいか。……リノ、めちゃくちゃ可愛《かわい》いから。

「どうしたの、マサキ。なんだかニヤニヤして」

「いや、なんでもないよ。……それよりも、リノ」

「なに?」

「僕、リノに言いたいことがあるんだ」

静かに微笑みながら、僕は口をゆっくりと開いた。

彼女に言うべきことは決まっている。勇気を絞《しぼ》って、伝えるんだ。

僕の中に生まれた、確かな気持ち。彼女に対して抱いている、この想い――

僕は改めて思った。

やっぱりここは、童貞《どうてい》を殺す異世界だった。

あとがき

金がなく
恋人もなく
夢もなく
生きたくなけれど
死にたくもなし

自分のことを何気なく詠《よ》んだら絶望の香りが漂っていました。

というわけでこんにちは。敗北ばかりを知っているラノベ作家、須崎正太郎《すざきしょうたろう》です。

生きているのか死んでいるのかわからない人生を送っていますが、どうにかこうにかダッシュエックス文庫様より新作を発表することができました。これでまた、しばらくはのうのうと生きられます。げへげへげへ。

しかしタイトルがすごいですね。『童貞を殺す異世界』。略したらなんになるのだろう。

どうせい、でしょうか。タイトルが童貞なのに略称が同棲《どうせい》になるなんてこれいかに。

とにもかくにも、エロコメチートなお話でした。担当のYさんから、

「指の毛でパワーアップとか、なんて馬鹿々々しい」

と評されつつも、なぜだか発売までこぎつけられてしまった今作品。アホだなあ、馬鹿々々しいなあ、須崎正太郎はどうしようもないやつだなあ、と見下すように笑っていただければ幸いです。

それとあとがきから読む派のあなた。本編をいまから読むのですか。ひたすらにくだらないですよ。覚悟してくださいね。げふげふげふ。

さて、これ以降は謝辞《しゃじ》を……。

まず、友人のニッキーさん。いつも切れ味溢《あふ》れるエロゼリフを私の前で吐き出していただき、どうもありがとうございます。ニッキーさんと日々接していればこそ、今作のような変なエロコメが爆誕したのであります。チ●コが二度見する、というフレーズを快《こころよ》く提供してくださったのはニッキーさんです。そんなセリフ、頭のどこから出てくるのですか。どうかしていますね。でも尊敬していますよ。デビュー前からの長い付き合いですが今回はどうもありがとうございました。これからもひとつよろしくお願いします。

イラストレーターのさくらねこさん。魅力に溢れたキャラクターイラストを描いていただき、どうもありがとうございました。リノたちに魂《たましい》が吹き込まれました。それに表紙のラフを二種

類も提出していただいたこと、とても嬉《うれ》しかったです。どちらのラフも本当に素晴らしく、片方をボツにするのが非常に心苦しかった……！　なので担当さんに頼み込んで、ボツバージョンをオマケとして巻末につけてもらったのですが。ハーレムバージョンの表紙も最高でしたよ！　そしてヒロインズの中でもサキカの服装は、特に気に入っております。カワイイ!!

担当のYさん。いつもお世話になっております。毎度、的確な助言と確実なお仕事に感謝です。主人公のマサキのキャラクターは、Yさんの助言によって完成いたしました。今作がただのエロコメではなく、ボーイミーツガール作品としての一面を有したのは、Yさんの的確なアドバイスのおかげです。心より御礼申し上げます。

そしてそして、なによりも、今作を手に取ってくださったあなた。本当にありがとうございました。間《ま》の抜けたラノベですが、ほんの一瞬でも楽しんでいただけたのであれば、筆者としては望外の喜びであります。これからも、どうぞよろしくお願い申し上げます！

――さて。

最後に二点、告知事項がございます。

まず、ダッシュエックス文庫様から発売された須崎正太郎の前作『異世界君主生活』シリーズ。こちらは現在、電子書籍限定で続刊が発売されております。気になる方は、ネットで検索してください。

パソコンやタブレット、スマートフォンをお持ちの方は、アプリをダウンロードしていただければ、電子書籍を読むことができます。ぜひとも魅惑の電子書籍ワールドへウェルカムなのです。面白《おもしろ》いよ！

次に。

今月、すなわち２０１８年3月には、須崎正太郎の小説がもう一冊発売されます。

『戦国商人立志伝　～転生したのでチートな武器提供や交易の儲《もう》けで成り上がる～』

ＫＡＤＯＫＡＷＡ様より3月31日発売です。戦国時代に転生した主人公が、歴史の知識を活用して成り上がっていく物語です。イラストレーターはＫＡＳＥＮ先生。歴史もの、戦国もの、チートものがお好きな方はぜひお買い求めください。キャラクターも、むさいオッサンから巨乳美少女まで幅広く登場しますよ。なにとぞよろしくお願いします。

それでは、また。皆様とまたお会いできるのを楽しみにしております。

須崎正太郎

須崎正太郎　公式ブログ（↑こちらもアクセスお待ちしております）
http://blog.livedoor.jp/suzaki_syoutarou/

エルクデアちゃん
かわいい!!
さくらねこ

カバーイラスト案ハーレムVer.もありました!!

ダッシュエックス文庫

童貞を殺す異世界

須崎正太郎

2018年3月28日　第1刷発行

★定価はカバーに表示してあります

発行者　鈴木晴彦
発行所　株式会社　集英社
〒101−8050　東京都千代田区一ツ橋2−5−10
03(3230)6229(編集)
03(3230)6393(販売/書店専用) 03(3230)6080(読者係)
印刷所　株式会社美松堂/中央精版印刷株式会社

ISBN978-4-08-631236-3 C0193